KiWi 11

Charles Bukowski

Der Mann mit der Ledertasche

Charles Bukowski

Der Mann mit der Ledertasche

Roman

Deutsch von Hans Hermann

Kiepenheuer & Witsch

Titel der amerikanischen Originalausgabe ›Post Office‹
Erschienen bei Black Sparrow Press, Los Angeles/Cal., 1971
Deutsche Erstausgabe bei Kiepenheuer & Witsch, Köln, 1974
Deutsch von Hans Hermann

Umschlag Hannes Jähn, mit einer Zeichnung
im Stile des Meisters Robert Crumb
Gesamtherstellung Clausen & Bosse, Leck
ISBN 3 462 01534 6

Dies ist ein Roman. Er ist
niemandem gewidmet.

US-Postverwaltung Los Angeles (Cal.)
Büro des Vorstehers

Zur Kenntnisnahme 1. Januar 1970
742

BERUFSETHOS

Alle Angestellten werden auf das Berufsethos für Postangestellte (siehe Abschnitt 742 der Dienstvorschriften) und das Verhalten der Angestellten (siehe Abschnitt 744 der Dienstvorschriften) hingewiesen.

Die Postangestellten haben im Lauf der Jahre eine vorbildliche Tradition treuen Dienstes für die Nation begründet und sich darin von keiner anderen Gruppe übertreffen lassen. Jeder Angestellte sollte stolz darauf sein, in dieser Tradition aufopfernden Dienens zu stehen. Jeder von uns muß sich im Interesse der Öffentlichkeit nach Kräften bemühen, mit seinem Beitrag den stetigen Aufschwung der Post sicherzustellen.

Das gesamte Personal der Post muß in seiner völligen Hingabe an das Interesse der Öffentlichkeit immer standhaft und rechtschaffen bleiben. Vom Personal der Post wird erwartet, daß es nach den höchsten sittlichen Grundsätzen handelt, die Gesetze der Vereinigten Staaten achtet und sich im übrigen an die Vorschriften und Richtlinien der Postverwaltung hält. Neben einwandfreiem sittlichem Verhalten ist es auch erforderlich, daß die Vorgesetzten und Angestellten alles vermeiden, was einer Erfüllung der Aufgaben der Post im Wege stehen könnte. Zugeteilte Aufgaben sind gewissenhaft und erfolgreich zu erledigen. Die Post hat das einmalige Privileg, täglich mit der Mehrheit der Bürger unserer Nation in Kontakt zu stehen, und ist in vielen Fällen deren direkteste Verbindung mit der Bundesregierung. Deshalb hat jeder Postangestellte die besondere Gelegenheit und Verantwortung, sich durch ehrbares und rechtschaffenes Verhalten des öffentlichen Vertrauens würdig zu erweisen. So trägt er zum guten Ruf und zum Ansehen der Post und der gesamten Bundesregierung bei.

Alle Angestellten werden aufgefordert, den Abschnitt 742 der Dienstvorschriften in seiner Gesamtheit durchzulesen, der zusätzlich noch die Grundnormen des sittlichen Verhaltens, das persönliche Betragen der Angestellten, Beschränkungen der politischen Betätigung usw. abhandelt.

Der verantwortliche Beamte

EINS

1

Mit einem Fehler fing es an.

Es war kurz vor Weihnachten, und der Säufer, der ein Stückchen weiter oben am Berg wohnte und jedes Jahr dabei war, erzählte mir, daß sie so ziemlich jeden anstellten. Ich ging also hin, und bevor ich noch recht wußte, was los war, hatte ich diese Ledertasche auf dem Rücken und machte mich in aller Gemütlichkeit auf den Weg. Was für ein Job, dachte ich. Leicht! Sie gaben dir nur eine oder zwei Straßen, und wenn du gut damit fertig wurdest, gab dir der reguläre Briefträger eine weitere Straße oder du gingst zurück und der Kapo gab dir noch eine, aber du konntest dir einfach Zeit lassen und die Weihnachtskarten nacheinander in die Briefkästen stecken.

Ich glaube, es war an meinem zweiten Tag als Weihnachtsaushilfe, als diese dicke Frau herauskam und neben mir herging, während ich die Briefe austrug. Mit »dick« meine ich, sie hatte einen dicken Arsch und große Titten und war an all den richtigen Stellen dick. Sie schien ein bißchen verrückt, aber ich schaute mir einfach ihren Körper an und kümmerte mich nicht darum.

Sie redete und redete und redete. Dann kam es heraus. Ihr Mann war als Offizier auf irgendeiner abgelegenen Insel stationiert, und sie fühlte sich einsam, Sie verstehn schon, und wohnte ganz allein in diesem kleinen Haus, ein bißchen abseits von der Straße.

»In welchem kleinen Haus?« fragte ich.

Sie schrieb die Adresse auf ein Stück Papier.

»Ich bin auch einsam«, sagte ich, »ich komm heute abend vorbei, dann können wir reden.«

Ich hatte zwar eine Puppe zu Hause, aber sie war die Hälfte der Zeit fort, irgendwo, und ich war tatsächlich einsam. Vor allem, wenn ich an diesen dicken Arsch neben mir dachte.

»Schön«, sagte sie, »bis heute abend.«

Sie war wirklich gut, gut im Bett, aber wie immer bei solchen Frauen verlor ich nach der dritten oder vierten Nacht das Interesse und ging nicht mehr zurück.

Aber ich sagte mir immer wieder, Herr Gott, als Briefträger braucht man nichts anderes zu tun, als seine Briefe abzuliefern und mit der Hausfrau ins Bett zu steigen. Genau der richtige Job für mich, o ja ja ja.

2

Und so machte ich die Prüfung und bestand sie, ging zur ärztlichen Untersuchung, bestand sie, und schon war es geschafft – ich war Aushilfsbriefträger. Am Anfang war es ganz leicht. Ich wurde zum West-Avon-Postamt geschickt, und es war genau wie an Weihnachten, nur die Frau fehlte. Jeden Tag rechnete ich damit, fertig gemacht zu werden. Aber es passierte nichts. Der Kapo war erträglich, und ich schlenderte durch die Gegend, hatte mal diese Straße, mal jene. Ich hatte nicht mal eine Uniform, nur eine Mütze. Ich trug meine gewöhnlichen Kleider. So wie wir tranken, meine Puppe Betty und ich, war nie Geld für Kleider da.

Dann wurde ich ans Oakford-Postamt versetzt.

Der Kapo war ein Stiernacken namens Jonstone. Die brauchten Hilfe dort, und es war leicht zu sehen, weshalb. Jonstone trug mit Vorliebe dunkelrote Hemden – das roch nach Gefahr und Blut. Es gab sieben Aushilfen – Tom Moto, Nick Pelligrini, Herman Stratford, Rosey Anderson, Bobby Hansen, Harold Wiley und mich, Henry Chinaski. Um fünf Uhr morgens mußten wir antreten, und ich war der einzige Trinker in der Mannschaft. Ich trank immer bis nach Mitternacht, und dann saßen wir da, um fünf Uhr morgens, und warteten auf Arbeit, warteten darauf, daß einer der Regulären anrief und sich krank meldete. Die Regulären meldeten sich gewöhnlich krank, wenn es regnete oder während einer Hitzewelle oder am Tag nach einem Feiertag, wenn es eine doppelte Ladung Post auszutragen gab.

Es gab vierzig oder fünfzig verschiedene Routen, vielleicht auch noch mehr, jeder Verteilerkasten war wieder anders, man konnte sie nie alle lernen, man mußte seine Post verteilt und in der Ledertasche haben, wenn um acht Uhr der Lastwagen losfuhr, und Jonstone ließ keine Entschuldigung gelten. Die Aushilfen sortierten ihre Zeitschriften an Straßenecken, ließen das Mittagessen aus und starben auf den Straßen. Jonstone ließ uns mit dreißig Minuten Verspätung anfangen, unsere Routen zu sortieren – und dabei wirbelte er in seinem roten Hemd auf dem Drehstuhl herum –: »Chinaski, Route 539!« Wir fingen eine halbe Stunde zu spät an, und doch erwartete man von uns, daß wir die Post rechtzeitig sortierten und austrugen und beizeiten wieder zurückkamen. Und ein- oder zweimal in der Woche mußten wir, ohnehin schon fix und fertig von der Scheißarbeit, nachts durch die Stadt fahren und die Briefkästen leeren, und der Zeitplan, an den wir uns halten sollten, war unmöglich – so schnell konnte der Lastwagen gar nicht fahren. Man mußte bei der ersten Runde vier oder fünf Briefkästen auslassen, und wenn man sie dann bei der nächsten Runde öffnete, waren sie mit Post vollgestopft, und man stank und schwitzte, während man sich abmühte, sie in die Säcke zu stopfen. Ich wurde richtig fertig gemacht. Dafür sorgte schon Jonstone.

3

Die Aushilfen selber machten Jonstone dadurch erst möglich, daß sie seine unmöglichen Anordnungen ausführten. Ich konnte nicht verstehen, daß man einen Mann von so augenscheinlicher Grausamkeit in einer solchen Stellung hielt. Den Regulären war es gleich, der Mann von der Gewerkschaft war wertlos, und so schrieb ich an einem meiner freien Tage einen dreißigseitigen Bericht, schickte einen Durchschlag an Jonstone und ging mit dem Original hinunter zur Vertretung der Bundesregierung. Dort sagte mir eine der Schreibkräfte, ich solle warten. Ich wartete und wartete und wartete. Ich wartete eine Stunde und dreißig Minuten, bevor ich zu einem kleinen grauhaarigen Mann mit Augen wie Zigarettenasche geführt wurde. Er forderte mich nicht mal auf, Platz zu nehmen. Er fing an mich anzuschreien, sobald ich den Raum betrat:

»Sie sind ein verdammter Klugscheißer, nicht wahr?«

»Es wäre mir lieber, Sie würden mich nicht beschimpfen, Sir.«

»Verdammter Klugscheißer, Sie sind einer dieser Klugscheißer, die so vornehm tun und mit großen Worten um sich werfen!«

Er fuchtelte mit meinen Papieren in der Luft herum. Und schrie: »MR. JONSTONE IST EIN FEINER MANN!«

»Seien Sie nicht blöd. Er ist offensichtlich ein Sadist«, sagte ich.

»Wie lange sind Sie schon bei der Post?«

»Drei Wochen.«

»MR. JONSTONE IST SEIT DREISSIG JAHREN BEI DER POST!«

»Was hat denn *das* damit zu tun?«

»Ich sagte bereits, MR. JONSTONE IST EIN FEINER MANN!«

Ich glaube, der arme Kerl wollte mich tatsächlich umbringen. Er hat bestimmt mit Jonstone geschlafen.

»Na schön«, sagte ich, »Jonstone ist ein feiner Mann. Vergessen wir die ganze verfickte Sache.« Dann ging ich und nahm den nächsten Tag frei. Ohne Bezahlung, versteht sich.

4

Als mich Jonstone tags darauf um fünf Uhr morgens sah, wirbelte er in seinem Drehstuhl herum, und sein Gesicht und sein Hemd hatten die gleiche Farbe. Aber er sagte nichts. Mir war es gleich. Ich hatte bis um zwei Uhr morgens gesoffen und Betty gevögelt. Ich lehnte mich zurück und machte die Augen zu.

Um sieben Uhr wirbelte Jonstone wieder herum. All die anderen Aushilfen hatten Arbeit bekommen oder waren zu anderen Postämtern geschickt worden, die Hilfe brauchten.

»Das ist alles, Chinaski. Nichts für Sie heute.«

Er beobachtete mein Gesicht. Scheiße, Mann, das machte mir doch nichts aus. Ich sehnte mich nur nach meinem Bett und etwas Schlaf.

»Okay, Stone«, sagte ich. Unter den Briefträgern war er »Stone«, doch ich war der einzige, der ihn auch so anredete.

Ich ging hinaus, das alte Auto lief gleich an, und schon bald war ich wieder bei Betty im Bett.

»Hank! Wie schön!«

»Find ich auch, Baby!« Ich drückte mich an ihren warmen Arsch und war in 45 Sekunden eingeschlafen.

5

Doch am nächsten Morgen lief es genau gleich.

»Das ist alles, Chinaski. Nichts für Sie heute.«

Eine Woche lang ging das so. Jeden Morgen saß ich von fünf bis sieben da und bekam kein Geld. Ich wurde sogar von der Liste gestrichen, die das Leeren der Briefkästen bei Nacht einteilte.

Dann erzählte mir Bobby Hansen, eine der älteren Aushilfen, was die Dienstjahre anging: »Mit mir hat er das auch einmal gemacht. Wollte mich aushungern.«

»Das macht mir alles nichts aus. Ich kriech ihm nicht in den Arsch. Und wenn ich hier aufhören oder verhungern muß.«

»Das brauchst du gar nicht. Melde dich jeden Abend beim Prell-Postamt. Sag dem Kapo, daß du keine Arbeit bekommst, und er läßt dich als Eilbote aushelfen.«

»Geht das tatsächlich? Verstößt das gegen keine Vorschrift?«

»Ich hab alle vierzehn Tage meine Lohntüte bekommen.«

»Danke, Bobby.«

6

Ich weiß nicht mehr genau, wann man sich melden mußte. Abends um sechs oder sieben. So ungefähr.

Man saß dann mit einer Handvoll Briefe da und stellte sich mit Hilfe eines Stadtplans seine Route zusammen. Es war einfach. Alle die Eilboten ließen sich dabei viel mehr Zeit, als sie tatsächlich brauchten, und ich spielte ihr Spielchen mit. Ich ging aus dem Haus, wenn sie alle gingen, und kam auch wieder mit ihnen zurück.

Dann wiederholte sich alles. Man hatte Zeit, unterwegs einen Kaffee zu trinken, Zeitung zu lesen, sich wie ein Mensch zu fühlen. Sogar zum Mittagessen blieb Zeit. Wenn ich mal einen Tag frei haben wollte, nahm ich eben frei. An einer der Routen wohnte dieses gutgebaute junge Ding, das jeden Abend eine Eilsendung bekam. Sie stellte sexy Kleider und Nachthemden her und *trug* sie. So gegen elf Uhr abends rannte man die steile Treppe zu ihrer Haustür hoch, läutete und gab ihr den Eilbrief. Sie rang kurz nach Luft, etwa so: »OOOOOOOOOOhhhhhHH!«, und sie blieb ganz dicht vor einem stehen, ganz dicht, und sie ließ einen nicht weggehen, während sie las, und dann sagte sie: »OOOOOoooo, gute Nacht, VIELEN Dank!«

»Bitte sehr«, konnte man nur sagen und mit einem Pimmel in der Hose davontraben, der einem Stier alle Ehre gemacht hätte.

Doch es war nur von kurzer Dauer. Es kam mit der Post, nach etwa anderthalb Wochen Freiheit.

»Sehr geehrter Herr Chinaski!

Sie haben sich sofort im Oakford-Postamt zu melden.

Wenn Sie dieser Anweisung nicht Folge leisten, müssen Sie mit disziplinarischen Maßnahmen oder Ihrer Entlassung rechnen.

A. E. Jonstone, Insp., Oakford-Postamt.«

Ich mußte in die Höhle des Löwen zurück.

7

»Chinaski! Route 539!«

Die schlimmste im ganzen Bezirk. Miethäuser mit Briefkästen, an denen die Namen abgekratzt waren oder die überhaupt keinen Namen trugen, und das unter winzigen Glühbirnen in dunklen Hauseingängen. Alte Tanten, die in allen Straßen in den Hauseingängen standen und stets dieselbe Frage stellten, als seien sie eine Person mit einer Stimme:

»Briefträger, haben Sie keine Post für mich?«

Und am liebsten hätte man geschrien: »Woher zum Kukkuck soll ich denn wissen, wer *Sie* sind oder wer ich bin oder wer irgendjemand ist?«

Schweißtriefend, von einem Kater geplagt, unter dem unmöglichen Zeitdruck, und da drin Jonstone in seinem rotem Hemd, der genau Bescheid wußte, seinen Spaß daran hatte, und der es angeblich nur tat, um die Kosten niedrig zu halten. Aber alle wußten, warum er es in Wirklichkeit tat. Oh, was war er doch für ein feiner Mann!

Die Leute. Die Leute. Und die Hunde.

Und weil wir gerade bei den Hunden sind: Es war an einem jener Tage mit vierzig Grad im Schatten, und ich stolperte dahin, schwitzend, ausgelaugt, halb irr, verkatert. Ich blieb vor einem kleinen Miethaus stehen, das den Briefkasten vorne an der Straße stehen hatte. Ich steckte meinen Schlüssel ins Schloß, und es sprang auf. Kein Ton war zu hören. Dann spürte ich, wie sich etwas zwischen meine Beine drängte. Es drängte immer weiter nach oben. Ich drehte mich um, und da stand ein Deutscher Schäferhund, voll ausgewachsen, und drückte mir die Schnauze in den Arsch. Mit einem kräftigen Biß konnte er mir die Eier abreißen. Ich beschloß, daß diese Leute an dem Tag keine Post bekommen würden, daß sie vielleicht überhaupt nie wieder Post bekommen würden. Mann, wie der mir die Schnauze hinten 'reinrammte! Und schnüffelte und schnupperte!

Ich steckte die Post in die Ledertasche zurück und machte dann sehr langsam, sehr vorsichtig, einen halben Schritt nach vorne. Die Schnauze folgte. Ich machte noch einen halben Schritt, mit dem anderen Fuß. Die Schnauze folgte. Dann machte ich einen langsamen, einen sehr langsamen ganzen Schritt. Und dann noch einen. Und blieb dann stehen. Die Schnauze war draußen. Und er stand nur da und schaute mich an. Vielleicht hatte er noch nie etwas derartiges gerochen und wußte nicht recht, wie er sich zu verhalten hatte.

Ich ging ruhig davon.

8

Da war noch was mit einem Deutschen Schäferhund. Es war im heißen Sommer, und er kam in RIESENSÄTZEN aus einem Hinterhof und SPRANG dann durch die Luft. Seine Zähne schnappten zu, nur Zentimeter von meiner Halsschlagader entfernt.

»OH GOTT OH GOTT!« brüllte ich, »OH GOTT IM HIMMEL! MORD! HILFE! MORD!«

Das Biest drehte sich um und sprang mich von neuem an. Ich traf ihn mit der Posttasche hart am Kopf, so daß Briefe und Zeitschriften durch die Luft segelten. Er wollte eben wieder springen, als zwei Burschen, die Besitzer, herauskamen und ihn festhielten. Und dann, während er mich beobachtete und knurrte, sammelte ich die Briefe und Zeitschriften ein, die ich auf der Veranda vor dem nächsten Haus neu zu sortieren hatte.

»Ihr Scheißkerle, ihr seid wohl verrückt geworden«, sagte ich zu den beiden, »der Hund ist ein Killer. Schaut zu, daß ihr ihn loskriegt, oder sorgt wenigstens dafür, daß er nicht frei herumläuft!«

Ich hätte es mit allen beiden aufgenommen, aber zwischen ihnen lauerte dieser Hund und knurrte. Ich ging auf die Veranda des nächsten Hauses und sortierte meine ganze Post auf Händen und Knien.

Wie gewöhnlich blieb mir keine Zeit fürs Mittagessen, und trotzdem kam ich mit vierzig Minuten Verspätung zum Postamt zurück.

Stone schaute auf die Uhr. »Sie haben sich um vierzig Minuten verspätet.«

»Und Sie sind nie angekommen«, erwiderte ich ihm.

»Das kostet Sie eine Verwarnung.«

»Aber sicher, Stone.«

Er hatte bereits das entsprechende Formular in der Schreibmaschine und hackte drauf los. Während ich dasaß und die Post auf die Fächer verteilte und die fehlgeleiteten Sendungen aussortierte, kam er her und warf mir das Formular hin. Ich hatte es satt, seine Verwarnungen zu lesen, und wußte von meinem Besuch bei der Behörde, daß Proteste sinnlos waren. Ohne einen Blick drauf zu werfen, warf ich den Wisch in den Papierkorb.

9

Jede Route hatte ihre Tücken, und nur die Regulären kannten sie. Jeden Tag gab es neue gottverdammte Scherereien, und man mußte ständig mit Vergewaltigung, Mord, Hunden oder irgendeinem anderen Irrsinn rechnen. Die Regulären verrieten ihre kleinen Geheimnisse nicht. Das war der einzige Vorteil, den sie genossen – abgesehen davon, daß sie ihren Verteilerkasten auswendig kannten. Als neuer Mann mußte man stets mit Überraschungen rechnen, vor allem, wenn man wie ich den ganzen Abend soff, um zwei ins Bett ging, um halb fünf aufstand, nachdem man die ganze Nacht gevögelt und gesungen hatte und damit, beinahe, ungestraft davonkam.

Eines Tages war ich wieder unterwegs, und es ging zügig voran, obwohl ich eine neue Route hatte, und ich dachte, bei Gott, vielleicht werde ich zum ersten Mal seit zwei Jahren zu einem Mittagessen kommen.

Ich hatte einen fürchterlichen Kater, doch es ging trotzdem alles glatt, bis ich eine Handvoll Briefe hatte, die an eine Kirche adressiert waren. Eine Hausnummer war nicht angegeben, nur der Name der Kirche und die Straße, an der der Eingang lag. Ich ging, verkatert wie ich war, die Stufen hinauf. Ich konnte keinen Briefkasten finden. Ich machte die Tür auf und ging hinein. Auch drinnen kein Briefkasten und kein Mensch. Ein paar brennende Kerzen. Kleine Wasserschälchen für die Finger. Und die leere Kanzel, die mich anstarrte, und all die Statuen, blaßrot und -blau und -gelb, die Oberlichter verschlossen, ein stinkender, heißer Vormittag.

Ach du großer Gott, dachte ich.

Und ging hinaus.

Ich ging um die Kirche herum und fand an der Längsseite Stufen, die nach unten führten. Durch eine offene Tür trat ich ein. Was meinen Sie, was ich sah? Eine Reihe Toiletten. Und Duschen. Es war aber dunkel. Die Lichter waren alle aus. Wie soll denn einer in der Dunkelheit einen Briefkasten finden, verdammt noch mal. Dann sah ich den Lichtschalter. Ich drehte an dem Ding, und die Lichter in der Kirche gingen an, innen und außen. Ich ging in den anschließenden Raum, und da lagen, auf einem Tisch ausgebreitet, verschiedene Priestergewänder. Außerdem eine Flasche Wein.

Himmel Arsch, dachte ich, warum muß immer ausgerechnet ich in eine solch beschissene Lage geraten?

Ich griff nach der Weinflasche, nahm einen kräftigen Schluck, ließ die Briefe bei den Priestergewändern und ging zurück zu den Duschen und Toiletten. Ich machte die Lichter aus und ließ mich in der Dunkelheit zum Scheißen nieder und rauchte eine Zigarette. Ich dachte auch ans Duschen, aber ich sah bereits die Schlagzeilen vor mir: BRIEFTRÄGER VERGRIFF SICH AM BLUT GOTTES UND DUSCHTE NACKT IN RÖMISCH-KATHOLISCHER KIRCHE.

So blieb mir also schließlich doch keine Zeit fürs Mittagessen, und als ich zum Postamt zurückkam, schrieb Jonstone eine Verwarnung, weil ich dreiundzwanzig Minuten zu spät dran war.

Später fand ich heraus, daß Post für die Kirche im Pfarrhaus um die Ecke abzugeben war. Aber jetzt weiß ich natürlich, wo ich scheißen und duschen kann, wenn es mir mal ganz mies geht.

10

Die Regenzeit begann. Das Geld versoffen wir zum größten Teil, so daß ich Löcher in den Schuhsohlen hatte und immer noch meinen zerrissenen alten Regenmantel tragen mußte. Bei jedem Dauerregen wurde ich gründlich naß, so naß, daß ich hinterher Unterhosen und Socken auswinden konnte. Die Regulären meldeten sich krank, sie meldeten sich in der ganzen Stadt krank, und so gab es jeden Tag Arbeit im Oakford-Postamt und in allen Postämtern der Stadt. Sogar die Aushilfen riefen an und meldeten sich krank. Ich meldete mich nicht krank, weil ich zu müde war, als daß ich vernünftig hätte denken können. Eines Morgens wurde ich zum Wently-Postamt geschickt. Es war einer dieser fünftägigen Regenstürme, bei denen es ununterbrochen gießt, so daß die ganze Stadt aufsteckt, einfach alles aufsteckt. Die Kanalisation kann das Wasser nicht schnell genug schlucken, das Wasser steigt über die Bordsteine und in manchen Stadtteilen über die Rasenflächen vor den Häusern und in die Häuser.

Ich wurde zum Wently-Postamt geschickt.

»Sie verlangten dort einen guten Mann«, rief Stone noch hinter mir her, während ich in den strömenden Regen hinaustrat.

Die Tür ging hinter mir zu. Wenn das alte Auto anlief, und es lief an, war ich unterwegs nach Wently. Aber es spielte ohnehin keine Rolle, denn wenn das Auto nicht wollte, stecken sie einen in einen Bus. Meine Füße waren jetzt schon naß.

Der Wently-Kapo stellte mich vor einen Verteilerkasten. Er war bereits vollgestopft, und ich fing an, zusammen mit einer anderen Aushilfe weitere Post 'reinzustopfen. Einen solchen Kasten hatte ich noch nie gesehen! Irgendwie war es ein schlechter Witz. Ich zählte zwölf große Bündel auf dem Kasten. Das mußte die Post für die halbe Stadt sein. Und noch wußte ich nicht, daß die Route aus lauter steilen Straßen bestand. Wer immer sie zusammengestellt hatte, war total verrückt.

Wir hatten alles in die Ledertaschen gepackt, und eben als ich mich auf den Weg machen wollte, kam der Kapo zu mir herüber und sagte: »Ich kann Ihnen leider keinen Helfer mitgeben.«

»Das macht nichts«, sagte ich.

Und wie es was machte! Erst später fand ich heraus, daß er Jonstones bester Kumpel war.

Die Route begann direkt am Postamt. Die erste von zwölf Schleifen. Ich überließ mich dem strömenden Regen und ging den Berg hinunter, Haus um Haus. Es war das Armeleuteviertel der Stadt – kleine Häuser und Hinterhöfe mit Briefkästen voller Spinnen, Briefkästen, die an einem Nagel hingen, alte Frauen in den Fenstern, die sich ihre eigenen Zigaretten drehten und Tabak kauten und ihren Kanarienvögeln etwas vorsummten und mich anstarrten, einen Idioten, im Regen verloren.

Wenn Unterhosen naß werden, rutschen sie, rutschen immer weiter, hängen bald schon um deine Hinterbacken, ein nasser Lumpen, der nur noch durch den Zwickel deiner Hosen festgehalten wird. Der Regen verwischte die Tinte auf einigen Briefen; eine Zigarette wurde so schnell naß, daß man nicht rauchen konnte. Man mußte immer wieder in die Ledertasche greifen, um Zeitschriften herauszuholen. Es war die erste Schleife, und ich war schon erschöpft. Meine Schuhe waren vom Schlamm überzogen und fühlten sich an wie Stiefel. Alle paar Augenblicke rutschte ich aus und konnte nur mit Mühe einen Sturz vermeiden.

Eine Tür ging auf, und eine alte Frau, stellte die Frage, die man hundertmal am Tag zu hören bekommt:

»Wo ist denn heute der Postbote, der *sonst* immer kommt?«

»Gnädigste, BITTE, woher soll *ich* denn das wissen? Woher zum Teufel soll ich denn das wissen? Ich bin hier, und er ist irgendwo anders!«

»Oh, sind *Sie* aber ein *ungalanter* Mensch!«

»Ungalant?«

»Jawohl.«

Ich lachte und drückte ihr einen fetten, durchnäßten Brief in die Hand und ging weiter zum nächsten Haus. Vielleicht wird es weiter oben am Berg besser, dachte ich.

Eine andere alte Tante, die nett zu mir sein wollte, sagte: »Möchten Sie nicht ein Weilchen hereinkommen und eine Tasse Tee trinken und trocknen?«

»Gnädigste, sehen Sie denn nicht, daß wir nicht mal Zeit haben, unsere Unterhosen hochzuziehen?«

»Ihre Unterhosen hochzuziehen?«

»JAWOHL, UNSERE UNTERHOSEN HOCHZUZIEHEN!« schrie ich sie an und marschierte wieder in den Regen hinaus.

Ich hatte die erste Schleife hinter mir. Es hatte etwa eine Stunde gedauert. Noch elf Schleifen, das sind also elf Stunden. Unmöglich, dachte ich. Die mußten mir gleich die schlimmste Route angehängt haben.

Bergauf war es noch schlimmer, denn man mußte sein eigenes Gewicht hochschleppen.

Der Mittag kam und ging. Ohne Essen. Ich war auf der vierten oder fünften Schleife. Selbst an einem trockenen Tag wäre die Route unmöglich gewesen. Doch im Regen war sie so unmöglich, daß man gar nicht darüber nachdenken durfte.

Schließlich war ich so naß, daß ich das Gefühl hatte, zu ertrinken. Ich fand einen überdachten Hauseinang, dessen Vordach einigermaßen dicht war, und stellte mich darunter, und es gelang mir, eine Zigarette anzuzünden. Ich hatte vielleicht ungestört drei Züge gemacht, als ich hinter mir die Stimme einer weiteren alten Tante hörte:

»BRIEFTRÄGER! BRIEFTRÄGER!«

»Ja, was ist denn?« fragte ich.

»IHRE POST WIRD NASS!«

Ich schaute zu meiner Tasche hinunter, und tatsächlich, ich hatte die Lederklappe nicht zugemacht. Durch ein Loch im Dach waren vielleicht ein, zwei Tropfen in die Tasche gefallen.

Ich ging weiter. Jetzt reicht's, dachte ich, nur ein Idiot läßt sich das bieten, was ich hier durchmache. Ich suche mir jetzt ein Telefon, und dann sage ich denen, wo sie ihre Post abholen können. Sollen sie sich doch den Job an den Hut stecken. Jonstone bleibt Sieger.

Kaum hatte ich mich zur Kündigung entschlossen, fühlte ich mich auch schon besser. Durch den Regen sah ich ein Gebäude am Fuß des Hügels, das so aussah, als habe es vielleicht ein öffentliches Telefon. Ich war etwa in der Mitte der Steigung. Als ich unten ankam, sah ich, daß es ein kleines Café war. Ein Ofen war in Betrieb. Scheiße, Mann, dachte ich, erst will ich mal ein bißchen trocknen. Ich zog meinen Regenmantel aus und nahm die Mütze ab, warf die Posttasche auf den Boden und bestellte eine Tasse Kaffee.

Es war sehr schwarzer Kaffee. Alter Kaffeesatz neu aufgebrüht. Der übelste Kaffee, den ich je getrunken hatte, aber er war heiß. Ich trank drei Tassen und saß etwa eine Stunde da, bis ich vollkommen trocken war. Dann schaute ich hinaus: es hatte aufgehört zu regnen! Ich ging hinaus und erklomm die Steigung und fing wieder an, Briefe zuzustellen. Ich ließ mir Zeit und schaffte die ganze Route. Bei der zwölften Schleife brach die Dämmerung herein. Als ich zum Postamt zurückkehrte, war es dunkel. Der Zustellereingang war verschlossen.

Ich trommelte an die Tür aus Blech.

Ein kleiner warmer Angestellter kam und machte die Tür auf.

»Was zum Teufel haben Sie so lange getrieben?« schrie er mich an.

Ich ging zum Verteilerkasten hinüber und warf die nasse Tasche hin, voll mit Sendungen, die nicht zustellbar waren, falsch einsortiert worden waren oder persönlich abgeholt werden mußten. Dann holte ich meinen Schlüssel heraus und warf ihn in den Kasten. Es war Vorschrift, bei Erhalt und Rückgabe des Schlüssels zu unterschreiben. Ich kümmerte mich nicht darum. Er stand einfach da.

Ich schaute ihn an.

»Wenn du noch ein Wort sagst, Kleiner, wenn du auch nur niest, dann schlag ich dich tot, weiß Gott!«

Der Kleine sagte nichts. Ich stempelte und ging.

Am nächsten Morgen wartete ich darauf, daß Jonstone auf seinem Stuhl herumwirbelte und mich zur Rede stellte. Er tat so, als sei nichts geschehen. Der Regen hörte auf, und alle Regulären waren wieder gesund. Stone schickte drei Aushilfen wieder weg, ohne Bezahlung, darunter auch mich. In dem Augenblick liebte ich ihn beinahe.

Ich ging heim und schlüpfte an Bettys warmen Arsch.

11

Doch dann fing der Regen wieder an. Stone teilte mich für die Briefkastenentleerung am Sonntag ein. Man holte sich in der Garage in der Weststadt einen Lieferwagen und einen Pappdeckel. Auf dem Pappdeckel stand ein Verzeichnis der Straßen, der Leerungszeiten und der besten Verbindungen von Briefkasten zu Briefkasten. Zum Beispiel: 2:32 h, Ecke Beecher und Avalon, L3 R2 (also links drei Häuserblocks, rechts zwei) 2:35 h, und man fragte sich, wie man innerhalb von drei Minuten erst einen Kasten leeren, fünf Häuserblocks weit fahren und dann noch einen Kasten leeren sollte. Allein um einen Sonntagsbriefkasten zu leeren, brauchte man manchmal fünf Minuten. Und die Anweisungen waren nicht genau. Manchmal zählten sie eine Einfahrt als Straße, und manchmal eine Straße als Einfahrt. Man wußte nie, wo man war.

Es war ein richtiger Dauerregen, nicht besonders stark, aber eben *ohne Unterbrechung*. Der Bezirk war neu für mich, aber es war wenigstens hell genug, daß ich die Anweisungen lesen konnte. Doch mit Einbruch der Dunkelheit wurde es immer schwieriger zu lesen (das einzige Licht kam vom Armaturenbrett) und die Briefkästen zu finden. Außerdem stieg das Wasser auf der Straße, und mehr als einmal stand ich bis zu den Knöcheln im Wasser.

Dann ging die Beleuchtung am Armaturenbrett kaputt. Ich konnte die Anweisungen nicht mehr lesen. Ich hatte keine Ahnung, wo ich war. Ohne den Pappdeckel war ich wie ein Mann, der sich in der Wüste verirrt hat. Doch mein Glück hatte mich noch nicht ganz verlassen, noch nicht. Ich hatte zwei Schachteln Streichhölzer bei mir, und bevor ich zu einem neuen Briefkasten fuhr, zündete ich immer ein Streichholz an, prägte mir die Angaben ein und fuhr weiter. Es war mir noch einmal gelungen, meinem Schicksal zu entgehen, diesem Jonstone da oben im Himmel, der auf mich herabschaute und mich beobachtete.

Dann fuhr ich um eine Ecke, sprang aus dem Wagen, um

den Briefkasten zu entleeren, und als ich wieder einstieg, war der Pappdeckel VERSCHWUNDEN!

Jonstone im Himmel, sei mir gnädig! Ich war in Nacht und Regen verloren. *War* ich denn tatsächlich ein Idiot? Geriet ich durch eigene Schuld dauernd in Schwierigkeiten? Möglich war das schon. Möglich, daß ich geistig minderbemittelt war, daß ich Glück hatte, überhaupt am Leben zu sein.

Der Pappdeckel war mit einem Stück Draht am Armaturenbrett befestigt gewesen. Ich vermutete, daß er bei der letzten scharfen Kurve aus dem Wagen geflogen war. Ich stieg aus, die Hosen bis über die Knie hochgerollt, und fing an durch das Wasser zu waten, das vielleicht dreißig Zentimeter tief war. Es war dunkel. Ich würde das gottverdammte Ding nie finden! Ich irrte umher, zündete laufend Streichhölzer an – aber nichts, nichts. Er war davongeschwommen. Als ich zur Ecke kam, war ich wenigstens so vernünftig, festzustellen, in welcher Richtung sich die Strömung bewegte, und ihr zu folgen. Ich sah einen Gegenstand im Wasser treiben, zündete ein Streichholz an, und da war er! Der Pappdeckel. *Unmöglich!* Ich hätte ihn vor Freude abküssen können. Ich watete zum Lieferwagen zurück, stieg ein, rollte meine Hosenbeine nach unten und band das Ding wieder ans Armaturenbrett, aber diesmal richtig. Inzwischen hinkte ich natürlich weit hinter dem Zeitplan her, aber wenigstens hatte ich den verfluchten Pappdeckel wiedergefunden. Ich stand nicht hilflos in einem namenlosen Hintergäßchen. Es blieb mir erspart, an einer Haustür zu läuten und nach dem Weg zur Postgarage zu fragen.

Ich sah mich bereits irgendeinem Scheißkerl gegenüber, der aus seinem warmen Haus herausknurrte:

»Sieh mal an. Sie arbeiten doch bei der Post, *nicht wahr?* Finden Sie nicht mal zu Ihrer eigenen Garage zurück?«

Und so fuhr ich weiter, zündete Streichhölzer an und sprang immer wieder in die steigende Flut, um die Briefkästen zu leeren. Ich war müde und durchnäßt und verkatert, aber das war bei mir der Normalzustand, und ich kämpfte mich durch meine Müdigkeit so wie ich mich durch das Wasser kämpfte. Ich dachte immer wieder an ein heißes Bad, an Bettys tolle Beine und – das verlieh mir neue Kräfte – an ein Bild von mir selbst, wie ich im Lehnstuhl saß, einen Drink in der Hand, und wie der Hund zu mir herkam und ich ihm das Fell kraulte.

Doch so weit war es noch lange nicht. Die Liste auf dem Pappdeckel schien endlos, und als ich unten angekommen war, stand da »Bitte wenden«, und ich drehte ihn um, und tatsächlich, auf der Rückseite stand die Fortsetzung.

Mit dem letzten Streichholz fand ich den letzten Briefkasten, lieferte meine Post auf dem angeführten Postamt ab, und das war eine mächtige Ladung, und fuhr dann zurück zur Garage in der Weststadt. Das Gelände im Westen war sehr flach, die Kanalisation wurde mit dem Wasser nicht fertig, und immer wenn es ein bißchen länger regnete, hatten sie eine »Überschwemmung«, wie sie es nannten. Die Beschreibung stimmte haarscharf.

Auf meinem Weg in den Westen wurde das Wasser immer tiefer. Überall sah ich steckengebliebene und verlassene Autos. Na wenn schon. Ich wollte nur recht bald in jenem Stuhl sitzen, mit einem Glas Scotch in der Hand, und Bettys Arsch durchs Zimmer wippen sehen. Dann begegnete ich an einer Verkehrsampel Tom Moto, wie ich einer von Jonstones Aushilfen.

»Auf welchem Weg fährst du rein?« fragte Moto.

»Die kürzeste Verbindung zwischen zwei Punkten, so hab ich das jedenfalls gelernt, ist eine Gerade«, antwortete ich ihm.

»Tu's lieber nicht«, sagte er mir. »Ich kenne die Gegend. Das ist der reinste Ozean dort.«

»Scheiße«, sagte ich, »man braucht nur ein bißchen Mut dazu. Hast du Feuer?«

Ich zündete mir eine an und ließ ihn an der Ampel zurück.

Betty, Baby, ich komme!

Vielleicht.

Das Wasser stieg immer weiter, aber Postautos sind ziemlich hochbeinig gebaut. Ich nahm die Abkürzung durch das Wohnviertel, mit Vollgas, und auf beiden Seiten spritzte das Wasser in alle Richtungen. Es regnete nach wie vor, und zwar kräftig. Weit und breit war kein Auto zu sehen. Der einzige bewegliche Gegenstand war ich mit meinem Lieferwagen.

Betty, Baby. Demnächst.

Irgendein Typ lachte mich von seiner Veranda herunter aus und schrie: »DIE POST MUSS DURCHKOMMEN!«

Ich warf dem Arschloch ein paar Flüche an den Kopf.

Ich bemerkte, daß das Wasser in den Innenraum des Autos drang, daß meine Schuhe naß wurden, doch ich fuhr weiter. Nur noch drei Straßen!

Dann blieb es stehen.

Au. Au. Scheiße.

Ich saß da und versuchte den Anlasser. Der Motor sprang an, blieb aber gleich wieder stehen. Dann reagierte er überhaupt nicht mehr. Ich saß da und betrachtete mir das Wasser. Es muß sechzig Zentimeter tief sein. Was sollte ich denn tun? Sollte ich vielleicht sitzenbleiben, bis sie eine Rettungsmannschaft schickten?

Was sagten die Dienstvorschriften dazu. Wo *waren* sie überhaupt? Ich kannte keinen Menschen, der sie schon mal gesehen hätte.

Mist, verfluchter.

Ich verschloß die Tür, steckte den Zündschlüssel in die Tasche und fing an, durch das Wasser – das mir fast bis zur Hüfte reichte – in Richtung Garage zu waten. Es regnete immer noch. Plötzlich wurde das Wasser noch zehn Zentimeter tiefer. Ich mußte über einen Rasen gegangen und nun über den Randstein auf die Straße getreten sein. Der Lieferwagen stand offensichtlich in einem Vorgarten.

Einen Augenblick dachte ich, Schwimmen sei vielleicht schneller, schlug mir aber den Gedanken gleich wieder aus dem Kopf, es würde zu lächerlich aussehen. Ich schaffte es bis zur Garage und steuerte gleich auf den Verwalter zu. So stand ich vor ihm, naß wie ein Schwamm, und er sah mich an.

Ich warf ihm die Autoschlüssel und die Zündschlüssel hin.

Dann schrieb ich auf ein Stück Papier: Mountview Place 3435.

»Bei dieser Adresse können Sie Ihren Lieferwagen abholen.«

»Wollen Sie damit sagen, Sie haben ihn dort stehenlassen?«

»Ich will damit sagen, ich habe ihn dort stehenlassen.«

Ich ging zum Eingang, stempelte, zog mich dann bis auf die Unterhosen aus und stellte mich vor einen Heizkörper. Meine Kleider hängte ich über den Heizkörper. Dann blickte ich mich um, und nicht weit weg, vor einem anderen Heizkörper, stand Tom Moto in *seinen* Unterhosen.

Wir mußten beide lachen.

»Schöne Scheiße, was?« fragte er.

»Nicht zu glauben.«

»Glaubst du, Stone hat das so geplant?«

»Aber sicher hat er das! Er hat sogar dafür gesorgt, daß es regnet!«

»Bist du da draußen stecken geblieben?«

»Klar«, sagte ich.

»Ich auch.«

»Hör mal«, sagte ich, »mein Auto ist zwölf Jahre alt. Du hast ein ganz neues. Meins läuft bestimmt nicht an. Wie wär's, wenn du mich anschieben würdest?«

»Okay.«

Wir zogen uns an und gingen hinaus. Moto hatte drei Wochen vorher einen nagelneuen Wagen gekauft. Ich wartete darauf, daß sein Motor ansprang. Kein Ton. Ach du großer Gott, dachte ich.

Das Regenwasser lief bereits unter der Tür 'rein.

Moto stieg aus.

»Nichts zu machen. Mausetot.«

Ich versuchte es an meinem, ohne Hoffnung. In der Batterie regte sich was, ein Funke, wenn auch schwach. Ich drückte ein paarmal aufs Gas, versuchte es wieder. Er sprang an. Ich ließ ihn mächtig aufheulen. SIEG! Ich ließ ihn gut warmlaufen. Dann stieß ich zurück und begann

Motos neuen Wagen zu schieben. Ich schob ihn eine ganze Meile weit. Das Ding furzte nicht mal. Ich schob ihn in eine Tankstelle, ließ ihn dort, erreichte bald höher gelegene, trockenere Straßen und schaffte es nach Hause zu Bettys Arsch.

12

Stones Lieblingsbriefträger war Mathew Battles. Battles' Hemden waren niemals zerknittert. Ja, alles, was er trug, sah neu aus. Die Schuhe, die Hemden, die Hosen, die Mütze. Seine Schuhe waren immer auf Hochglanz poliert, und nichts an ihm sah so aus, als sei es auch nur einmal gebügelt worden. Wenn er auch nur den kleinsten Schmutzfleck auf dem Hemd oder auf der Hose hatte, warf er sie weg.

Wenn Mathew vorüberging, sagte Stone oft zu uns:

»Schaut ihn euch an, *das* ist ein Briefträger!«

Und das war voller Ernst. Er bekam fast feuchte Augen vor Liebe.

Und Mathew stand tagaus, tagein an seinem Verteilerkasten, aufrecht und sauber, frisch gewaschen und ausgeschlafen, mit siegreich glänzenden Schuhen, und voll Freude steckte er die Briefe in ihre Fächer.

»Sie sind ein Vorbild für alle Briefträger, Mathew!«

»Vielen Dank, Mr. Jonstone!«

Eines Morgens kam ich um fünf Uhr herein und setzte mich und wartete hinter Jonstone. Er saß ziemlich zusammengesunken da in seinem roten Hemd.

Moto saß neben mir. Er erzählte es mir: »Sie haben Mathew gestern verhaftet.«

»Verhaftet?«

»Mhm, weil er von der Post gestohlen hat. Er hat Briefe für den Nekalayla-Tempel aufgemacht und Geld herausgenommen. Und das nach fünfzehn Jahren als Briefträger.«

»Wie haben sie ihn erwischt, wie sind sie draufgekommen?«

»Die alten Omas. Die alten Omas schickten immer Briefe mit Geldscheinen an den Tempel, und sie bekamen keine Dankbriefe, überhaupt keine Reaktion. Nekalayla meldete das bei der Post, und die Post überwachte Mathew. Sie ertappten ihn unten im Dampfkasten, wie er Briefe aufmachte und Geld rausnahm.«

»Ist das wirklich wahr?«

»Wirklich wahr. Am hellichten Tag haben sie ihn erwischt.«

Ich lehnte mich zurück.

Nekalayla hatte diesen riesigen Tempel gebaut und ihn mit einer widerlichen grünen Farbe angestrichen, wahrscheinlich dachte er dabei an Geld, und er hatte einen Mitarbeiterstab von dreißig oder vierzig Leuten, die nichts anderes taten, als Briefumschläge zu öffnen, Schecks und Bargeld herauszunehmen, die Summe, den Absender, das Eingangsdatum und so fort aufzuschreiben. Andere waren damit beschäftigt, Bücher und Heftchen von Nekalayla wegzuschicken, und seine Fotografie hing an der Wand, eine große von N. in priesterlichen Gewändern und mit Bart, und ein Gemälde von N., auch sehr groß, blickte auf das Büro herunter, kontrollierte alles.

Nekalayla behauptete, er sei einmal durch die Wüste gegangen, und da sei ihm Jesus Christus begegnet, und Jesus Christus habe ihm alles erzählt. Sie saßen zusammen auf einem Felsen, und J. C. plauderte alles aus. Und jetzt reichte er die Geheimnisse an die weiter, die es sich leisten konnten. Außerdem hielt er jeden Sonntag einen Gottesdienst ab. Seine Helfer, die auch zu seinen Anhängern gehörten, betätigten eine Stechuhr, beim Kommen und Gehen.

Man muß sich das einmal vorstellen, Mathew Battles will Nekalayla überlisten, der sich mit Christus in der Wüste getroffen hatte!

»Hat schon einer was zu Stone gesagt?«

»Das glaubst du ja wohl selber nicht.«

Wir saßen vielleicht eine Stunde lang da. Einer wurde an Mathews Verteilerkasten gestellt. Die anderen Aushilfen bekamen andere Arbeit. Ich saß allein hinter Stone. Dann stand ich auf und ging an seinen Schreibtisch.

»Mr. Jonstone?«

»Ja, Chinaski?«

»Wo ist denn Mathew heute? Krank?«

Stone ließ den Kopf sinken. Er blickte auf das Papier in seinen Händen und gab vor zu lesen. Ich ging zurück und setzte mich wieder.

Um sieben Uhr drehte sich Stone um.

»Es gibt heute nichts für Sie, Chinaski.«

Ich stand auf und ging zur Tür. Dort blieb ich stehen.

»Auf Wiedersehen, Mr. Jonstone. Einen schönen Tag wünsch ich.«

Er gab keine Antwort. Ich ging hinunter zum Spirituosengeschäft und kaufte mir eine kleine Flasche Whisky, Marke Grandad, zum Frühstück.

13

Die Stimmen der Leute waren überall gleich; wo man auch die Post austrug, überall hörte man dieselben Dinge, immer und immer wieder.

»Sie sind spät dran, nicht wahr?«

»Wo ist denn heute der Briefträger, der sonst immer kommt?«

»Hallo, Uncle Sam!«

»Briefträger! Briefträger! Das gehört nicht mir!«

Die Straßen waren voller verrückter und langweiliger Leute. Die meisten wohnten in schönen Häusern und schienen nicht zur Arbeit zu gehen, und man fragte sich immer, wie sie das wohl machten. Da war ein Typ, der einen nie die Post in seinen Briefkasten stecken ließ. Er stand vor der Haustür und beobachtete einen, wenn man noch zwei oder drei Häuserblocks weit entfernt war; er stand immer da und hielt die offene Hand hin.

Ich fragte einige der anderen, die diese Route schon ausgetragen hatten:

»Was ist eigentlich mit dem Kerl, der immer nur dasteht und die Hand hinhält?«

»Was für ein Kerl, der immer nur dasteht und die Hand hinhält?« fragten sie.

Sie hatten auch alle dieselbe Stimme.

Eines Tages, als ich wieder diese Route hatte, stand der Mann-der-die-Hand-hinhält etwa einen halben Häuserblock von seiner Haustür entfernt. Er redete mit einem Nachbarn und schaute sich nach mir um und sah, daß ich noch über einen Häuserblock weit weg war, und wußte, daß er noch Zeit genug hatte, zurückzukommen und vor mir an seiner Haustür zu sein. Sobald er mir wieder den Rücken kehrte, fing ich an zu laufen. Ich glaube, ich habe noch nie so schnell Briefe zugestellt, mit Riesenschritten, stets in Bewegung, ohne Pause, ohne Unterbrechung, ich würde ihn umbringen. Ich hatte den Brief schon halb im Schlitz seines Briefkastens. als er sich umdrehte und mich sah.

»Oh NEIN NEIN NEIN!« brüllte er, »NICHT IN DEN BRIEFKASTEN WERFEN!«

Er rannte die Straße herunter auf mich zu, so schnell, daß ich seine Füße nur unscharf sehen konnte. Er muß die hundert Meter in blanken zehn Sekunden gelaufen sein.

Ich drückte ihm den Brief in die Hand. Ich sah zu, wie er ihn öffnete, über die Veranda ging, die Tür aufmachte und im Haus verschwand. Was es zu bedeuten hatte, weiß ich bis heute nicht.

14

Und wieder hatte ich eine neue Route. Stone gab mir immer die schwierigen Routen, aber manchmal verlangten die Umstände, daß er mir eine weniger mörderische überließ. Route 511 ließ sich recht gut an, und wieder einmal dachte ich ans Mittagessen, das Mittagessen, das nie kam.

Es war eine durchschnittliche Wohngegend. Keine Miethäuser. Einfach ein Haus neben dem anderen, alle mit gepflegten Rasenflächen. Aber es war eine *neue* Route, und ich fragte mich, wo wohl der Haken war. Sogar das Wetter war gut.

Bei Gott, dachte ich, diesmal schaff ich's! Mittagessen, und dann rechtzeitig im Postamt zurück! Dieses Leben wurde endlich doch noch erträglich.

Diese Leute besaßen nicht mal Hunde. Niemand stand vor dem Haus und wartete auf seine Post. Ich hatte seit Stunden keine menschliche Stimme gehört. Vielleicht hatte ich meine Postler-Reife erreicht, was immer das auch sein mochte. Ich ging von Haus zu Haus, ohne Hast, ein tüchtiger, fast hingebungsvoller Briefträger.

Ich erinnerte mich an einen der älteren Regulären, der eine Hand aufs Herz gelegt hatte und gesagt hatte: »Chinaski, eines Tages packt es dich, es packt dich genau *hier!*«

»Was, ein Herzinfarkt?«

»Hingabe an den Dienst. Du wirst schon sehen. Du wirst stolz darauf sein.«

»Einen alten Hut!«

Doch dem Mann war es ernst damit gewesen.

Jetzt mußte ich an ihn denken.

Und dann hatte ich einen Einschreibebrief mit Antwortkarte.

Ich ging zur Haustür und läutete. Ein kleines Fenster in der Tür ging auf. Ich konnte das Gesicht nicht sehen.

»Einschreibebrief!«

»Gehen Sie einen Schritt zurück!« sagte eine Frauenstimme. »Gehen Sie einen Schritt zurück, damit ich Ihr Gesicht sehen kann!«

Na also, da haben wir's ja, dachte ich, wieder mal eine Verrückte.

»Hören Sie mal, es ist doch gar nicht *nötig*, daß Sie mein Gesicht sehen. Ich lasse einfach diesen Zettel in Ihrem Briefkasten, und Sie können dann morgen Ihren Brief im Postamt abholen. Vergessen Sie nicht, Ihren Ausweis mitzubringen.«

Ich steckte den Zettel in den Briefkasten und begann die Treppe hinabzusteigen.

Die Tür ging auf, und sie kam herausgerannt. Sie trug eines dieser durchsichtigen Negligés und keinen BH. Nur ein dunkelblaues Höschen. Ihre Haare waren nicht gekämmt und zeigten in alle Himmelsrichtungen, als wollten sie ihr entkommen. Sie schien eine Art Creme im Gesicht zu haben, vor allem unter den Augen. Die Haut an ihrem ganzen Körper war so weiß, als sei sie nie der Sonne ausgesetzt, doch ihr Gesicht sah gesund aus, und ihr Mund stand offen. Die Spur eines Lippenstifts war zu erkennen, und sie war fantastisch gebaut...

Ich stellte das alles fest, während sie auf mich zustürzte. Ich steckte den Einschreibebrief in die Posttasche zurück...

Sie kreischte: »Geben Sie mir meinen Brief!«

Ich sagte: »Gute Frau, Sie müssen aber...«

Sie schnappte sich den Brief und rannte zur Tür, machte sie auf und lief hinein.

Verdammte Scheiße! Ich brauchte entweder den Einschreibebrief oder ihre Unterschrift! Für Einschreibsendungen mußten sogar wir Briefträger unterschreiben, bevor wir das Postamt verließen!

»HEH!«

Ich rannte hinter ihr her und brachte gerade noch rechtzeitig meinen Fuß in die Tür.

»HEH, WAS SOLL DENN DAS, HIMMEL ARSCH!«

»Fort mit Ihnen! Fort mit Ihnen! Sie sind ein böser Mann!«

»Hören Sie! Verstehn Sie mich doch! Sie müssen für diesen Brief unterschreiben! So kann ich ihn nicht hergeben! Sie bestehlen die Post der Vereinigten Staaten von Amerika!«

»Fort mit Ihnen, böser Mann!«

Ich stemmte mich mit meinem ganzen Gewicht gegen die Tür und drängte mich in das Zimmer. Es war dunkel da drin. Alle Jalousien waren runtergelassen. Im ganzen Haus.

»SIE HABEN KEIN RECHT HIER EINZUDRINGEN! VERSCHWINDEN SIE!«

»Und Sie haben kein Recht, Briefe zu klauen! Entweder geben Sie den Brief zurück, oder Sie unterschreiben dafür. Dann geh ich.«

»Schon gut! Schon gut! Ich unterschreibe.«

Ich zeigte ihr, wo sie zu unterschreiben hatte, und gab ihr einen Kugelschreiber. Ich betrachtete ihre Brüste und all das andere, und ich dachte, so ein Jammer, daß sie verrückt ist, ein Jammer, ein Jammer.

Sie gab mir den Kugelschreiber und die Unterschrift zurück – es war nur ein Gekritzel. Sie öffnete den Brief und fing an ihn zu lesen, während ich mich umdrehte, um wegzugehen.

Dann stand sie vor der Tür und versperrte mit ausgebreiteten Armen den Weg. Der Brief lag auf dem Boden.

»Böser böser böser Mann! Sie sind nur gekommen, um mich zu vergewaltigen!«

»Lassen Sie mich jetzt endlich vorbei.«

»DIE BOSHEIT STEHT IHNEN DEUTLICH IM GESICHT!«

»Glauben Sie vielleicht, das weiß ich nicht? Und jetzt lassen Sie mich hier endlich raus!«

Mit einer Hand versuchte ich sie wegzuschieben. Sie zerkratzte mir die eine Gesichtshälfte, und zwar gründlich. Ich ließ meine Posttasche fallen, meine Mütze fiel zu Boden, und während ich mir mit dem Taschentuch das Blut abwischte, griff sie mich erneut an und zerkratzte die andere Seite.

»DU BLÖDE VOTZE! DU BIST WOHL ÜBERGESCHNAPPT!«

»Aha, aha, da haben wir's! Sie sind böse!«

Sie stand ganz dicht vor mir. Ich packte ihren Arsch und drückte ihr meine Lippen auf den Mund. Diese Brüste bedrängten mich, die ganze Frau bedrängte mich. Sie bog den Kopf zurück und schrie:

»Unhold! Unhold! Böser Unhold!«

Ich ging mit dem Kopf nach unten und erwischte eine ihrer Titten mit dem Mund, und dann die andere.

»Ein Unhold! Hilfe! Ich werde vergewaltigt!«

Sie hatte recht. Ich riß ihr das Höschen herunter, öffnete den Reißverschluß an meiner Hose, drang in sie ein und schob sie dann vor mir her auf die Couch zu. Dort ließen wir uns der Länge nach hinfallen.

Sie streckte die Beine hoch in die Luft.

»VERGEWALTIGUNG!« kreischte sie.

Ich gab ihr den Rest, machte meinen Hosenlatz zu, nahm meine Posttasche und Mütze und machte mich auf den Weg, während sie stumm zur Decke starrend zurückblieb...

Ich verzichtete auf das Mittagessen, kam aber trotzdem nicht mehr rechtzeitig zurück.

»Sie haben sich um fünfzehn Minuten verspätet«, sagte Stone.

Ich sagte nichts.

Er schaute mich an. »Gott im Himmel, was ist mit Ihrem Gesicht passiert?« fragte er.

»Das wollte ich Sie auch schon immer fragen«, sagte ich.

»Was soll das heißen?«

»Ach, lassen wir das.«

15

Ich war wieder verkatert, und eine neue Hitzewelle sorgte jeden Tag für vierzig Grad, eine Woche lang. Jeden Abend ließ ich mich vollaufen, und am frühen Morgen und im Laufe des Tages mußte ich mich immer mit Stone und der Unmöglichkeit meiner ganzen Lage auseinandersetzen.

Die anderen trugen zum Teil Tropenhelme und Sonnenbrillen, doch bei mir änderte sich da kaum etwas, ob Regen oder Sonnenschein – zerrissene Kleider, und die Schuhe so alt, daß die Nägel durchkamen und sich in meine Fußsohlen bohrten. Ich legte kleine Stücke Pappdeckel in die Schuhe. Doch das half nur vorübergehend – und bald arbeiteten sich die Nägel wieder in meine Fersen.

Whisky und Bier kamen aus allen Poren, flossen aus den Achselhöhlen, und ich quälte mich schwerbeladen dahin, als habe ich ein Kreuz auf dem Rücken, zog Zeitschriften aus der Posttasche, stellte Tausende von Briefen zu, taumelte, direkt an die Sonne geschweißt.

Irgendeine Frau schrie mir nach:

»BRIEFTRÄGER! BRIEFTRÄGER! DAS GEHÖRT NICHT HIERHER!«

Ich drehte mich um. Sie stand einen halben Häuserblock

von mir entfernt, bergab, und ich war ohnehin schon zu spät dran.

»Hören Sie, stecken Sie den Brief außen an Ihren Briefkasten! Wir nehmen ihn morgen mit.«

»NEIN! NEIN! ICH MÖCHTE, DASS SIE IHN SOFORT MITNEHMEN!«

Sie fuchtelte mit dem Ding in der Luft herum.

»HÖREN Sie nicht!«

»LOS HOLEN SIE'S! ES GEHÖRT NICHT HIERHER!«

Ach du großer Gott.

Ich ließ die Tasche zu Boden sinken. Dann nahm ich meine Mütze und warf sie ins Gras. Sie rollte auf die Straße. Ich ließ sie liegen und ging zu der Frau hinunter. Einen halben Häuserblock weit.

Ich ging zu ihr hin und riß ihr das Ding aus der Hand, drehte mich um, ging zurück.

Es war eine Reklamesendung! Massendrucksache. Irgendwas von einem Ausverkauf in einem Textilgeschäft.

Ich las meine Mütze von der Straße auf, setzte sie wieder auf. Hängte mir wieder die Posttasche auf den Rücken, links vom Rückgrat, machte mich auf den Weg. 40 Grad im Schatten.

Ich ging an einem Haus vorbei, und eine Frau kam 'raus und lief hinter mir her.

»Briefträger! Briefträger! Haben Sie keinen Brief für mich?«

»Gnädigste, wenn ich an Ihrem Briefkasten vorbeigehe, heißt das, daß Sie keine Post haben.«

»Ich weiß aber, daß Sie einen Brief für mich haben!«

»Wie kommen Sie denn darauf?«

»Weil mich meine Schwester angerufen hat und gesagt hat, sie würde mir schreiben.«

»Wie gesagt, ich habe keinen Brief für Sie.«

»Ich weiß aber, daß Sie einen haben! Ich weiß, daß Sie einen haben! Ich weiß, daß er da drin ist!« Sie streckte die Hand aus, um sich eine Handvoll Briefe zu holen.

»RÜHREN SIE DIE POST DER VEREINIGTEN STAATEN NICHT AN! FÜR SIE IST HEUTE NICHTS DABEI!«

Ich wandte mich ab und ließ sie stehen.

»ICH WEISS, DASS SIE MEINEN BRIEF HABEN!«

Eine andere Frau stand vor ihrer Haustür.

»Sie sind spät dran heute.«

»Ja, ich weiß.«

»Wo ist denn heute der Mann, der sonst immer kommt?«

»Er stirbt an Krebs.«

»Stirbt an Krebs? Harold stirbt an Krebs?«

»So ist es«, sagte ich.

Ich händigte ihr ihre Post aus.

»Rechnungen! NICHTS ALS RECHNUNGEN!« schrie sie. »IST DAS ALLES, WAS SIE MIR BRINGEN KÖNNEN? DIESE RECHNUNGEN?«

»Allerdings, Gnädigste, das ist alles, was ich Ihnen bringen kann.«

Ich machte kehrt und ging weiter.

Ich konnte nichts dafür, daß sie Telefone und Gas und Strom benützten und alles auf Kredit kauften. Doch wenn ich ihnen ihre Rechnungen brachte, schrien sie mich an – als hätte *ich* sie aufgefordert, ein Telefon installieren zu lassen oder einen Fernseher zu kaufen, zu $350, ohne Anzahlung.

Als nächstes kam ein kleines zweistöckiges Gebäude, ziemlich neu, mit zehn oder zwölf Wohnungen. Der verschließbare Briefkasten war vor dem Haus, unter einem Vordach. Endlich ein bißchen Schatten. Ich steckte meinen Schlüssel in den Kasten und machte ihn auf.

»HEH, UNCLE SAM! WIE GEHT'S, WIE STEHT'S?«

Er war laut. Ich hatte diese Stimme hinter mir nicht erwartet. Er hatte mich praktisch ange*schrien*, und weil ich mit meinem Kater ziemlich nervös war, machte ich vor Schreck einen kleinen Satz. Ich hatte die Nase gründlich voll. Ich zog den Schlüssel aus dem Kasten und drehte mich um. Ich sah nichts als ein Fliegengitter an der Tür. Irgend jemand war da drin. Vollklimatisiert und unsichtbar.

»Herrgott Sakrament!« sagte ich, »nennen Sie mich nicht Uncle Sam! Ich bin nicht Uncle Sam!«

»Aha, Sie sind wohl einer dieser Klugscheißer, was? Für

ein Taschengeld würde ich rauskommen und Ihnen den Arsch versohlen!«

Ich nahm meine Ledertasche und schleuderte sie auf den Boden. Zeitschriften und Briefe flogen durch die Gegend. Ich würde die ganze Schleife neu sortieren müssen. Ich nahm meine Mütze ab und knallte sie auf den Betonboden.

»KOMM DOCH RAUS, DU SCHEISSKERL! HERR GOTT, SO KOMM DOCH SCHON! KOMM RAUS! LOS DOCH, KOMM RAUS!«

Ich war entschlossen, ihn umzubringen.

Niemand kam raus. Kein Ton war zu hören. Ich starrte auf das Fliegengitter. Nichts. Es war, als sei die Wohnung leer. Einen Augenblick lang erwog ich, hineinzugehen. Dann wandte ich mich ab, kniete mich hin und fing an, die Briefe und Zeitschriften neu zu sortieren. Das ist nicht einfach ohne Verteilerkasten. Nach zwanzig Minuten war es geschafft. Ich steckte einige Briefe in den Briefkasten, warf die Zeitschriften auf die Veranda, schloß den Kasten wieder ab, machte kehrt; warf noch einen Blick auf die Fliegentür. Immer noch kein Ton.

Ich erledigte den Rest der Route und dachte dabei, na ja, wahrscheinlich wird er anrufen und Jonstone sagen, daß ich ihn bedrohte. Wenn ich zum Postamt zurückkomme, muß ich mit dem Schlimmsten rechnen.

Ich machte die Tür auf, und da war Stone; er saß an seinem Schreibtisch und las irgendwas.

Ich stand da und schaute auf ihn runter und wartete.

Stone blickte zu mir herauf, dann wieder zurück zu seiner Lektüre.

Ich blieb stehen, wartete.

Stone las weiter.

»Na los«, sagte ich schließlich, »was ist nun damit?«

»Was ist nun womit?« Stone blickte auf.

»MIT DEM ANRUF! NUN RÜCKEN SIE SCHON RAUS DAMIT! ANSTATT EINFACH HIER RUMZUSITZEN!«

»Was für ein Anruf denn?«

»Hat niemand wegen mir angerufen?«

»Angerufen? Was ist geschehen? Was haben Sie da draußen angestellt? Was haben Sie getan?«

»Nichts.«

Ich ging hinüber und lieferte mein Zeug ab.

Der Typ hatte nicht angerufen. Gar nicht nobel von ihm. Wahrscheinlich fürchtete er, wenn er anrief, würde ich zurückkommen.

Ich ging an Stone vorbei, als ich zu meinem Verteilerkasten zurückkehrte.

»Was haben Sie da draußen bloß *getan*, Chinaski?«

»Nichts.«

Mit meinem Verhalten verwirrte ich Stone dermaßen, daß er vergaß, mir meine halbstündige Verspätung vorzuwerfen oder mir deswegen eine Verwarnung aufzuschreiben.

16

Einmal saß ich früh morgens beim Briefeverteilen neben G. G. So nannten sie ihn: G. G. Sein voller Name war George Greene. Aber jahrelang wurde er einfach G. G. genannt, und schließlich sah er dann auch aus wie G. G. Er war Briefträger seit seinen frühen Zwanzigerjahren, und jetzt war er Ende sechzig. Seine Stimme war kaputt. Er redete nicht. Er krächzte. Und wenn er mal krächzte, sagte er nicht viel. Er war weder beliebt noch unbeliebt. Er war einfach da. Sein Gesicht war zerknittert und voller seltsamer Furchen und nicht gerade attraktiver Erhebungen. In seinem Gesicht war keinerlei Glanz. Er war einfach ein harter alter Bursche, der seine Arbeit getan hatte: G. G. Die Augen sahen aus wie matte Lehmklumpen, die in den Augenhöhlen saßen. Es war am besten, nicht an ihn zu denken, ihn gar nicht anzusehen.

Mit all seinen Dienstjahren hatte G. G. jedoch eine der leichtesten Routen, am Rande des Distrikts, in dem die Reichen wohnten, praktisch im Reichenviertel selber. Obwohl die Häuser alt waren, waren sie groß, die meisten zweigeschossig. Ausgedehnte Rasenflächen, von japanischen Gärtnern gemäht und gepflegt. Einige Filmstars wohnten dort. Ein berühmter Karikaturist. Ein Verfasser von Bestsellern. Zwei ehemalige Gouverneure. Niemand sprach einen in dem Distrikt jemals an. Nur am Anfang der Route, wo die weniger teuren Häuser standen, bekam man gelegentlich jemanden zu Gesicht, und hier waren es die Kinder, die einem zu schaffen machten. G. G. war nämlich Junggeselle. Und er hatte diese Trillerpfeife. Am Anfang seiner Route stellte er sich groß und aufrecht hin, holte die Pfeife heraus, und es war eine große, und pfiff, daß der Speichel in alle Richtungen stiebte. Damit wußten die Kinder, daß er da war. Er hatte Süßigkeiten für die Kinder. Und sie kamen aus allen Häusern gerannt, und er gab ihnen Bonbons, während er durch ihre Straße ging.

Der gute alte G. G.

Gleich beim ersten Mal, als ich seine Route hatte, erfuhr ich die Sache mit den Süßigkeiten. Stone gab mir nicht gerne eine so leichte Route, aber manchmal konnte er nicht anders. Ich ging also von Haus zu Haus, als ein kleiner Junge herauskam und mich fragte:

»He, wo ist mein Bonbon?«

Und ich sagte: »Was für ein Bonbon denn, Kleiner?«

Und der Kleine sagte: »*Mein* Bonbon! Ich will *mein* Bonbon!«

»Mann, Kleiner«, sagte ich, »du mußt verrückt sein. Läßt dich deine Mutter einfach so frei herumlaufen?«

Der Junge schaute mich recht eigenartig an.

Doch eines Tages setzte sich G. G. in die Nesseln. Der gute alte G. G. Er begegnete diesem neuen kleinen Mädchen in seinem Distrikt. Und gab ihr ein Bonbon. Und sagte: »Bist du aber mal ein *hübsches* kleines Mädchen! Ich wollte, du wärest mein eigenes kleines Mädchen!«

Die Mutter hatte vom Fenster aus zugehört, und jetzt kam sie schreiend angerannt und beschuldigte G. G., er habe die Kleine belästigt. Sie hatte G. G. nicht gekannt, und als sie sah, wie er dem Mädchen ein Bonbon gab, und hörte, was er dazu sagte, war das einfach zuviel für sie.

Der gute alte G. G. Der Kinderbelästigung bezichtigt.

Ich kam herein und hörte Stone am Telefon, wie er der Mutter auseinanderzusetzen versuchte, daß G. G. ein ehrenwerter Mann sei. G. G. saß einfach vor seinem Verteilerkasten, wie gelähmt.

Als Stone fertig war und aufgelegt hatte, sagte ich ihm: »Sie sollten der Frau nicht in den Arsch kriechen. Sie hat eine schmutzige Fantasie. Die Hälfte aller Mütter in Amerika, mit ihren kostbaren großen Schlitzen und ihren kostbaren kleinen Töchtern, die Hälfte aller Mütter in Amerika hat eine schmutzige Fantasie. Lassen Sie sie doch abblitzen. G. G. kriegt nicht mal seinen Pimmel steif, das wissen Sie ganz genau.«

Stone schüttelte den Kopf. »Nein, die Öffentlichkeit ist zu gefährlich. Die sind wie Dynamit!«

Das war alles, was er dazu zu sagen hatte. Ich hatte es immer wieder erlebt, wie er sich wand und krümmte und bettelte und sich mit jedem Spinner auseinandersetzte, der sich wegen irgendeiner Kleinigkeit telefonisch beschwerte...

Ich saß neben G. G. und verteilte Route 501, die nicht allzu schwierig war. Ich mußte mich zwar anstrengen, aber es war immerhin möglich, und so gab man die Hoffnung nicht von vornherein auf.

Obwohl G. G. seine Post im Schlaf hätte verteilen können, wurden seine Hände immer langsamer. Er hatte im Lauf seines Lebens einfach zu viele Briefe verteilt – sogar sein abgestumpfter Körper wehrte sich schließlich dagegen. Mehr als einmal im Laufe des Vormittags mußte ich mit ansehen, wie er mit einem Schwächeanfall kämpfte. Er hörte dann auf, schwankte, ging in einen Trancezustand, riß sich wieder zusammen und steckte wieder einige Briefe in ihre Fächer. Ich mochte den Mann nicht besonders gern. Er hatte aus seinem Leben nichts gemacht und war kaum mehr wert als ein Scheißhaufen. Aber immer wenn er umzukippen drohte, gab mir das einen Stich. Er war wie ein treuer Gaul, der einfach nicht mehr weitergehen kann. Oder ein altes Auto, das eines Morgens einfach aufgibt.

Es war eine Menge Post, und während ich G. G. zuschaute,

lief es mir kalt über den Rücken. Zum ersten Mal seit über vierzig Jahren lief er Gefahr, die Abfahrt des Mannschaftswagens zu verpassen! Für einen Mann wie G. G., der so stolz auf seinen Beruf und seine Arbeit war, konnte das eine Tragödie sein. Ich hatte die Abfahrt oft verpaßt und die Säcke in meinen eigenen Wagen verladen, doch ich hatte eine etwas andere Einstellung als G. G.

Er kämpfte schon wieder gegen einen Schwächeanfall.

Mein Gott, dachte ich, sieht das denn niemand außer mir?

Ich blickte mich um, niemand störte sich daran. Irgendwann hatten sie alle schon einmal behauptet, ihn zu mögen – »G. G. ist ein guter alter Kerl«. Aber der »gute alte Kerl« ging unter, und niemand kümmerte sich darum. Schließlich hatte ich weniger Post vor mir als G. G.

Vielleicht kann ich ihm mit den Zeitschriften helfen, dachte ich. Doch dann kam einer der Angestellten vorbei und brachte mir eine neue Ladung Briefe, und ich hatte fast wieder soviel wie G. G. Es würde für uns beide knapp werden. Ich ließ mich einen Augenblick gehen, biß dann auf die Zähne, spreizte die Beine, stürzte mich auf die Post wie einer, der eben einen schweren Treffer eingesteckt hat, und steckte die Briefe in die Fächer.

Zwei Minuten bevor die Zeit abgelaufen war, waren G. G. und ich fertig, die Post war verteilt, die Zeitschriften sortiert und in Säcke verpackt, die Luftpost erledigt. Ich hatte mir umsonst Gedanken gemacht. Dann kam Stone. Er brachte zwei Bündel Rundschreiben. Eins gab er G. G., eins mir.

»Die müssen noch sortiert werden«, sagte er und ging wieder.

Stone wußte, daß wir das nicht mehr rechtzeitig schaffen konnten. Müde und lustlos durchschnitt ich die Schnur, die die Rundschreiben zusammenhielt, und fing an, sie zu verteilen. G. G. saß nur da und starrte sein Bündel an.

Dann ließ er den Kopf sinken, ließ den Kopf auf die Hände sinken und fing an, leise zu weinen.

Ich konnte es nicht glauben.

Ich blickte mich um.

Die anderen Zusteller sahen G. G. nicht. Sie holten ihre

Briefe herunter, banden sie zusammen und lachten und unterhielten sich.

»He«, sagte ich ein paarmal, »he!«

Doch sie schauten sich nicht nach G. G. um.

Ich ging zu ihm hin. Berührte ihn am Arm: »G. G.«, sagte ich, »kann ich dir irgendwie helfen?«

Er sprang auf, rannte die Treppe hinauf, die zum Umkleideraum für die männlichen Angestellten führte; ich sah hinter ihm her. Niemand schien etwas bemerkt zu haben. Ich verteilte noch ein paar Briefe und lief dann selber die Treppe hinauf.

Da war er, an einem der Tische, das Gesicht in den Händen vergraben. Nur daß er jetzt nicht mehr leise weinte. Er schluchzte und heulte. Sein ganzer Körper zuckte. Er hörte überhaupt nicht mehr auf.

Ich rannte wieder hinunter, an all den Zustellern vorbei, zu Stones Schreibtisch.

»He, he, Stone! Herr Gott, Stone!«

»Was ist?« fragte er.

»G. G. ist zusammengeklappt! Niemand kümmert sich um ihn! Er ist oben und heult! Er braucht Hilfe!«

»Wer übernimmt seine Route?«

»Das ist doch scheißegal! Ich sage Ihnen, der Mann ist *krank*! Er braucht Hilfe!«

»Ich brauche schnell einen Ersatzmann für seine Route!«

Stone stand auf und mischte sich unter seine Leute, als ob er unter ihnen einen Ersatzmann für G. G. finden könnte. Dann bahnte er sich einen Weg zurück zu seinem Schreibtisch.

»So hören Sie doch, Stone, jemand muß diesen Mann nach Hause bringen. Sagen Sie mir, wo er wohnt, dann fahre ich ihn selber heim – die Zeit können Sie mir abziehen. Dann trage ich Ihre verdammte Route aus.«

Stone blickte auf.

»Wer geht an Ihren Verteilerkasten?«

»Ich scheiß auf den Verteilerkasten!«

»GEHEN SIE AN IHREN VERTEILERKASTEN!«

Dann redete er am Telefon mit einem anderen Inspektor: »He, Eddie? Hör zu, ich brauche einen deiner Leute hier...«

Die Kinder würden an diesem Tag keine Bonbons bekommen. Ich ging zurück. All die anderen Zusteller waren fort. Ich fing an, die Rundschreiben zu verteilen. Drüben auf G.G.s Kasten lag sein Bündel Rundschreiben, noch nicht mal aufgeschnitten. Ich war wieder gewaltig im Rückstand. Ohne Mannschaftswagen. Als ich an diesem Nachmittag spät zurückkam, bekam ich eine schriftliche Verwarnung von Stone.

G.G. sah ich nie wieder. Niemand konnte sagen, was mit ihm geschehen war. Und niemand erwähnte jemals seinen Namen. Der »gute Kerl«. Der hingebungsvolle Mann. Er war über eine Handvoll Rundschreiben von einem Gemüseladen gestolpert – mit dem Angebot des Tages: eine Gratispackung Markenseife, zusammen mit dem Rundschreiben und einem Einkauf von mindestens $ 3.

17

Nach drei Jahren bekam ich den Status eines »Regulären«. Das hieß bezahlter Urlaub (Aushilfen bekamen keinen Urlaub) und eine 40-Stunden-Woche mit zwei freien Tagen. Außerdem war Stone gezwungen, mich für fünf verschiedene Routen als Ersatzmann einzuteilen. Das war alles – fünf verschiedene Routen. Mit der Zeit würde ich die dazugehörigen Verteilerkästen lernen, ebenso die Abkürzungen und Schwierigkeiten jeder Route. Von Tag zu Tag würde es leichter werden. Ich konnte mir langsam diesen Ausdruck des Behagens zulegen.

Aber irgendwie war ich nicht glücklich. Ich war kein Mensch, der sich bewußt Schmerzen bereitet, die Arbeit war immer noch schwierig genug, aber irgendwie fehlte der Glanz der alten Tage, als ich noch Aushilfe war – als ich nie wußte, was, zum Teufel, wohl als nächstes passieren würde.

Einige der Regulären kamen vorbei und schüttelten mir die Hand.

»Gratuliere«, sagten sie.

»Mhm«, sagte ich.

Gratulieren wofür? Ich hatte nichts getan. Jetzt war ich ein Mitglied in ihrem Club. Ich war einer der Ihren. Ich konnte auf Jahre hinaus dabeisein, schließlich meine eigene Route bekommen. Weihnachtsgeschenke von den Leuten erhalten. Und wenn ich mich krank meldete, würden sie zu irgendeiner bedauernswerten Aushilfe sagen: »Wo ist denn heute der Mann, der sonst immer kommt? Sie sind spät dran. Der andere Briefträger kommt nie so spät.«

Ich hatte es also geschafft. Dann kamen sie mit einer Bekanntmachung heraus, die besagte, Mützen und andere Gegenstände dürften nicht auf die Verteilerkästen gelegt werden. Die meisten der Jungs legten ihre Mützen dort ab. Es tat niemandem weh und ersparte einem den Gang zum Umkleideraum. Und jetzt, nachdem ich drei Jahre lang meine Mütze dort abgelegt hatte, wurde mir das untersagt.

Nun, ich kam nach wie vor mit einem Kater zur Arbeit, und ich hatte andere Dinge im Kopf als Mützen. So lag also meine Mütze dort oben, am Tag nachdem die neue Vorschrift bekanntgegeben worden war.

Stone kam mit seiner Verwarnung angerannt. Darin stand, daß es gegen die Vorschriften verstoße, irgendwelche Gegenstände auf dem Verteilerkasten liegenzulassen. Ich steckte die Verwarnung in die Tasche und fuhr fort, Briefe in die Fächer zu stecken. Stone saß auf seinem Drehstuhl und beobachtete mich. All die anderen Briefträger hatten ihre Mützen in ihre Schränke gelegt. Bis auf mich und einen anderen – namens Marty. Und Stone war zu Marty gekommen und hatte gesagt: »Hören Sie mal, Marty, Sie haben doch die Bekanntmachung gelesen. Ihre Mütze hat auf dem Verteilerkasten nichts zu suchen.«

»Oh, entschuldigen Sie, Mr. Jonstone. Die Macht der Gewohnheit, Sie wissen ja. Tut mir leid.« Marty nahm seine Mütze und lief damit die Treppe hinauf zu einem Schrank im Umkleideraum.

Am nächsten Morgen vergaß ich es wieder. Stone kam mit seiner Verwarnung.

Darin stand, daß es gegen die Vorschriften verstoße,

irgendwelche Gegenstände auf dem Verteilerkasten liegenzulassen.

Ich steckte die Verwarnung in die Tasche und fuhr fort, Briefe in die Fächer zu stecken.

Als ich am nächsten Morgen hereinkam, sah ich, daß Stone mich beobachtete. Er wartete nur darauf, was ich mit der Mütze tun würde. Ich ließ ihn eine Weile warten. Dann nahm ich meine Mütze ab und legte sie auf den Kasten.

Stone kam mit seiner Verwarnung angelaufen.

Ich las sie nicht. Ich warf sie in den Papierkorb, ließ meine Mütze, wo sie war, und fuhr fort, Briefe in die Fächer zu stecken.

Ich konnte Stone an seiner Schreibmaschine hören. Die Tasten klangen wütend.

Wie hat es der wohl geschafft, zu lernen, wie man mit einer Schreibmaschine umgeht? fragte ich mich.

Er kam erneut auf mich zu. Gab mir meine zweite Verwarnung.

Ich sah ihn an: »Das brauch ich gar nicht zu lesen. Ich weiß, was drinsteht. Da steht drin, daß ich die erste Verwarnung nicht gelesen habe.«

Ich warf die zweite Verwarnung in den Papierkorb.

Stone rannte zurück zu der Schreibmaschine.

Er gab mir eine dritte Verwarnung.

»Mann«, sagte ich, »ich weiß, was in den Dingern drinsteht. Die erste Verwarnung bekam ich, weil ich meine Mütze auf den Verteilerkasten legte. Die zweite dafür, daß ich die erste nicht las. Die dritte hier, weil ich weder die erste noch die zweite gelesen habe.«

Ich sah ihn an und warf dann die Verwarnung in den Papierkorb, ohne sie gelesen zu haben.

»Ich kann sie schneller wegwerfen, als Sie sie tippen können. Wir können stundenlang weitermachen, und allmählich sieht dann einer von uns ziemlich lächerlich aus. Ganz wie Sie wollen.«

Stone ging zu seinem Stuhl zurück und setzte sich. Er tippte nicht mehr. Er saß nur da und sah mich an.

Am nächsten Tag ging ich nicht zur Arbeit. Ich schlief bis Mittag. Ich rief auch nicht an. Dann ging ich hinunter zum Gebäude der Bundesvertretung. Ich trug ihnen mein Anliegen vor. Sie setzten mich vor den Schreibtisch einer dünnen alten Frau. Sie hatte graue Haare und einen sehr dünnen Hals, der plötzlich in der Mitte abknickte. Dadurch schnellte ihr Kopf nach vorne, und sie blickte mich über den Rand ihrer Brillengläser an.

»Ja, bitte?«

»Ich möchte meine Stelle bei der Post aufgeben.«

»*Aufgeben?*«

»Jawohl, aufgeben.«

»Und Sie sind fest angestellter Briefträger?«

»Ja», sagte ich.

» Tsk, tsk, tsk, tsk, tsk, tsk, tsk, tsk«, machte sie mit ihren trockenen Lippen.

Sie gab mir die entsprechenden Formulare, und ich saß nun da und füllte sie aus.

»Wie lange sind Sie schon bei der Post?«

»Dreieinhalb Jahre.«

»Tsk, tsk, tsk, tsk, tsk, tsk, tsk, tsk«, machte sie, »tsk, tsk, tsk, tsk.«

Und ich hatte es hinter mir. Ich fuhr heim zu Betty, und wir machten die Flasche auf.

Wir hatten ja keine Ahnung, daß ich ein paar Jahre später zur Post zurückkehren und fast zwölf Jahre lang krumm auf einem Hocker sitzend dableiben würde.

ZWEI

1

Inzwischen tat sich allerhand. Ich hatte eine lange Glückssträhne auf der Pferderennbahn. Mein Selbstvertrauen wuchs dort draußen. Ich setzte mir für jeden Tag ein bestimmtes Ziel, so zwischen fünfzehn und vierzig Dollar. Man darf nur nicht zuviel wollen. Wenn es am Anfang nicht gleich klappte, setzte ich eben ein bißchen mehr, gerade soviel, daß ich, falls das richtige Pferd gewann, den erwünschten Gewinn einstreichen konnte. Ich ging immer wieder hin, jeden Tag, gewann regelmäßig, und noch bevor ich aus dem Wagen stieg, zeigte ich Betty den erhobenen Daumen.

Dann trat Betty eine Stelle als Schreibkraft an, und wenn eine Puppe erst mal zur Arbeit geht, läuft gleich alles ganz anders. Wir tranken auch weiterhin jeden Abend, und am Morgen ging sie vor mir aus dem Haus, restlos verkatert. Jetzt wußte sie wenigstens, wie das war. Ich stand vielleicht um halb elf auf, genoß in aller Ruhe eine Tasse Kaffee und ein paar Eier, spielte mit dem Hund, flirtete mit der jungen Frau eines Schlossers, die im Hinterhaus wohnte, schloß Freundschaft mit einer Stripperin, die im vorderen Teil des Hauses wohnte. Um eins war ich auf der Rennbahn, kam mit Profit wieder zurück, und dann mit dem Hund zur Bushaltestelle, um Betty abzuholen. Es war ein gutes Leben.

Dann rückte eines Abends Betty, meine Liebe, damit raus, beim ersten Glas:

»Hank, ich halt's nicht aus!«

»Du hältst was nicht aus, Baby?«

»Die ganze Lage.«

»Welche Lage denn, Kleines?«

»Daß ich arbeite, während du auf der faulen Haut liegst. Die Nachbarn denken alle, ich halte dich aus«.

»Scheiße, ich hab doch auch gearbeitet, während *du* auf der faulen Haut gelegen hast.«

»Das ist was anderes. Du bist ein Mann, ich bin eine Frau.«

»So, das ist ja ganz was Neues. Ihr Weiber schreit doch sonst immer nach Gleichberechtigung?«

»Glaubst du, ich weiß nicht, was hier vor sich geht, mit dieser kleinen Schlampe aus dem Hinterhaus, die hier dauernd vor dir rumspaziert und dabei ihre Titten raushängt...«

»Ihre *Titten* raushängt?«

»Jawohl, ihre TITTEN! Ihre großen weißen Titten, so groß wie bei einer Kuh!«

»Hmm ... Du hast eigentlich recht, die sind ganz schön groß.«

»Aha! Du gibst es also zu!«

»Was denn, zum Teufel?«

»Ich habe Freunde hier. Die sehen ja, was vor sich geht!«

»Das sind keine Freunde, das sind nur hinterhältige Klatschbasen.«

»Und die Hure da vorne, die sich als Tänzerin ausgibt.«

»Sie ist eine Hure?«

»Die vögelt doch alles, was einen Schwanz hat.«

»Du bist ja übergeschnappt.«

»Ich will bloß nicht, daß alle Leute glauben, ich halte dich aus. Die ganzen Nachbarn...«

»Ich scheiß auf alle Nachbarn! Seit wann kümmern wir uns darum, was die denken? Und überhaupt bin *ich* es, der die Miete zahlt. Bin *ich* es, der für unser Essen aufkommt! Ich bring das Geld von der Rennbahn heim. Dein Geld gehört dir. Du hast es noch nie so gut gehabt.«

»Nein, Hank, ich mache Schluß. Ich halt's nicht mehr aus.«

Ich stand auf und ging zu ihr rüber.

»Komm, komm, Baby, du bist heute abend nur ein bißchen durcheinander.«

Ich versuchte, sie in die Arme zu nehmen. Sie schob mich weg.

»Also gut, verdammt noch mal!« sagte ich.

Ich setzte mich wieder auf meinen Stuhl, trank mein Glas leer, füllte wieder auf.

»Ich mache Schluß«, sagte sie, »ich schlafe auch nicht eine Nacht mehr mit dir.«

»Schon gut, schon gut. Behalt doch deine Muschi. So toll ist sie nun auch wieder nicht.«

»Willst du die Wohnung behalten oder willst du, daß ich ausziehe?« fragte sie.

»Behalt die Wohnung.«

»Und was machen wir mit dem Hund?«

»Behalt den Hund«, sagte ich.

»Er wird dich vermissen.«

»Freut mich, daß mich wenigstens einer vermissen wird.«

Ich stand auf, ging zum Auto und mietete die erste Wohnung, die ich fand. Ich zog noch an dem Abend ein.

Mit einem Schlag hatte ich drei Frauen und einen Hund verloren.

2

Und bevor ich wußte, wie mir geschah, hatte ich ein junges Mädchen aus Texas auf dem Schoß. Ich will hier nicht im einzelnen schildern, wie ich sie kennenlernte. Jedenfalls war sie bei mir. Sie war dreiundzwanzig, ich war sechsunddreißig.

Sie hatte lange blonde Haare und gutes, festes Fleisch. Ich wußte es zwar damals noch nicht, aber sie hatte außerdem eine Menge Geld. Sie trank nicht, dafür aber ich. Am Anfang lachten wir eine Menge. Und gingen zusammen zur Rennbahn. Sie sah ausgesprochen gut aus, und immer wenn ich auf meinen Sitz zurückkehrte, war irgendein Idiot dabei, näher und näher an sie heranzurutschen. Dutzende von ihnen. Sie machten sich immer irgendwie an sie heran. Joyce saß einfach da. Ich hatte nur zwei Möglichkeiten, mit ihnen fertigzuwerden. Entweder ich nahm Joyce mit und suchte einen neuen Platz, oder ich sagte dem Kerl:

»Hör mal, Kumpel, die Frau gehört mir! Und jetzt zieh Leine!«

Aber mich auf diese Hyänen und die Pferde gleichzeitig zu konzentrieren, war zu viel für mich. Ich fing an zu verlieren. Ein Profi geht allein auf die Rennbahn. Das wußte ich. Aber ich dachte, vielleicht bin ich etwas Besonderes. Ich stellte fest, daß ich ganz und gar nichts Besonderes war. Ich konnte mein Geld so schnell verlieren wie jeder andere.

Dann verlangte Joyce, daß wir heirateten.

Scheiße, warum auch nicht, dachte ich, ich bin sowieso erledigt.

Ich fuhr mit ihr nach Las Vegas zu einer billigen Hochzeit und kehrte dann sofort wieder zurück.

Ich verkaufte den Wagen für zehn Dollar, und bevor ich wußte, wie mir geschah, saßen wir in einem Bus nach Texas, und als wir dort ankamen, hatte ich noch ganze 75 Cents in der Tasche. Es war ein sehr kleiner Ort, keine zweitausend Einwohner, glaube ich. In einem Artikel für eine große Zeitschrift hatten ihn Experten als den letzten Ort in den USA bezeichnet, der mit einem feindlichen Atombombenangriff zu rechnen habe. Es war leicht zu sehen, warum.

Und während dieser ganzen Zeit bewegte ich mich, ohne es zu wissen, wieder auf die Post zu. Hurenpost, verdammte.

Joyce hatte in dem Ort ein kleines Haus, und wir lagen faul herum und vögelten und aßen. Sie fütterte mich gut, machte mich schön fett und gleichzeitig auch wieder schwach. Sie konnte nicht genug bekommen. Joyce, meine Frau, war nymphoman.

Ich ging auf kleine Spaziergänge in den Ort, allein, um von ihr wegzukommen, die Spuren ihrer Zähne überall auf meiner Brust, meinem Hals und meinen Schultern, und noch anderswo, wo es mir mehr Sorgen machte und wo es auch ziemlich wehtat. Sie fraß mich bei lebendigem Leibe auf.

Ich hinkte durch den Ort, und sie starrten mich an, sie wußten über Joyce Bescheid, über ihren Sextrieb, und daß ihr Vater und Großvater mehr Geld, Land, Seen, Jagdreviere besaßen als sie alle zusammen. Sie bedauerten und haßten mich gleichzeitig.

Ein Zwerg wurde eines Morgens zu mir geschickt, um mich aus dem Bett zu holen, und er fuhr mit mir überallhin und zeigte mir alles, Mr. Soundso, Joyces Vater, gehört das hier, und Mr. Soundso, Joyces Großvater, gehört jenes dort...

Wir fuhren den ganzen Vormittag umher. Irgendwer wollte mir Angst machen. Ich langweilte mich. Ich saß auf dem Rücksitz, und der Zwerg hielt mich für einen Gauner großen Stils, der sich durch Heirat Millionen verschafft hatte. Er wußte nicht, daß alles Zufall war und daß ich nichts anderes war als ein Exbriefträger mit 75 Cents in der Tasche.

Der Zwerg, dieser arme Kerl, hatte irgendwas mit den Nerven und fuhr sehr schnell, und von Zeit zu Zeit fing er an, am ganzen Körper zu zittern und verlor dann die Beherrschung über den Wagen. Dann fuhren wir in mächtigen Schlangenlinien über die Straße, und einmal rieben wir uns hundert Meter lang an einem Zaun, bevor der Zwerg sich wieder in der Gewalt hatte.

»HEH! SACHTE, SACHTE, KLEINER!« schrie ich zu ihm nach vorne.

Das war es. Sie wollten mich umbringen. Klarer Fall. Der Zwerg war mit einem außergewöhnlich hübschen Mädchen verheiratet. Als Teenager war ihr mal eine Colaflasche in der Muschi steckengeblieben, und sie mußte damit zu einem Arzt gehen, und, wie das nun mal in kleinen Städten geht, die Sache mit der Colaflasche hatte sich herumgesprochen, das arme Mädchen wurde geächtet, und der Zwerg war der einzige Abnehmer. Auf die Weise kam er schließlich zu einer Spitzenfrau.

Ich zündete mir eine Zigarre an, die mir Joyce gegeben hatte, und ich sagte zu dem Zwerg: »Das reicht, Kleiner. Bring mich jetzt zurück. Und fahr langsam. Ich will mir nicht mit einem Schlag alles kaputtmachen lassen.«

Ich spielte die Rolle des Gauners, um ihn nicht zu enttäuschen.

»Selbstverständlich, Mr. Chinaski. Sofort.«

Er bewunderte mich. Er hielt mich für einen Windhund.

Als ich zurückkam, fragte Joyce: »Nun, hast du alles gesehen?«

»Jedenfalls genug«, sagte ich. Und wollte damit andeuten, daß sie versuchten, mich umzubringen. Ich wußte nicht, ob Joyce etwas damit zu tun hatte oder nicht.

Dann fing sie an, mich auszuziehen und mich zum Bett zu drängen.

»Augenblick mal, Baby! Wir haben schon zwei Runden hinter uns, und es ist noch nicht mal zwei Uhr am Nachmittag!«

Sie kicherte nur und machte weiter.

3

Ihr Vater haßte mich aus ganzem Herzen. Er glaubte, ich sei hinter seinem Geld her. Ich wollte doch sein gottverdammtes Geld überhaupt nicht. Und ich wollte nicht mal seine gottverdammte kostbare Tochter.

Ich sah ihn nur ein einziges Mal, und das war, als er eines morgens gegen zehn Uhr plötzlich in unserem Schlafzimmer erschien. Joyce und ich waren im Bett, wir machten gerade eine Pause. Zum Glück hatten wir eben aufgehört.

Ich schaute ihn über den Rand der Bettdecke hinweg an. Dann kam es einfach über mich. Ich grinste und zwinkerte ihm zu.

Knurrend und fluchend lief er aus dem Haus.

Wenn es eine Möglichkeit gab, mich aus dem Weg zu räumen, dann würde er sein Möglichstes tun.

Opa war da nicht so. Wenn wir zu ihm gingen, trank ich Whisky mit ihm und hörte seine Cowboy-Schallplatten an. Seine Alte war einfach neutral. Sie empfand weder Zuneigung noch Haß für mich. Sie stritt sich oft mit Joyce, und ein- oder zweimal schlug ich mich auf ihre Seite. Damit hatte ich sie irgendwie für mich gewonnen. Doch Opa blieb cool. Ich glaube, er gehörte zu den Verschwörern.

Wir hatten in diesem Gasthaus gegessen, wo alle vor uns katzbuckelten und uns anglotzten. Opa, Oma, Joyce und ich.

Dann stiegen wir in den Wagen und fuhren weg.

»Hast du schon mal Büffel gesehen, Hank?« fragte mich Opa.

»Nein, Wally, noch nie.«

Ich nannte ihn Wally. Alte Saufkumpane. Wie Katz und Maus.

»Hier gibt's welche.«

»Ich hab geglaubt, die seien so gut wie ausgestorben?«

»Aber nein, hier gibt's Dutzende davon.«

»Das glaub ich nicht.«

»Zeig sie ihm doch, Daddy Wally«, sagte Joyce.

Alberne Gans. Sie nannte ihn Daddy Wally. Er war nicht ihr Daddy.

»Also gut.«

Wir fuhren eine ganze Weile, bis wir zu dieser leeren, eingezäunten Weide kamen. Das Gelände war wellig, und man konnte nicht bis zum anderen Ende der Weide sehen. Sie war kilometerlang, in allen Richtungen. Nichts war zu sehen, nur kurzes grünes Gras.

»Ich seh aber nirgends Büffel«, sagte ich.

»Die Windrichtung stimmt«, sagte Wally. »Steig über den Zaun und geh ein Stück weit. Du mußt ein Stück weit gehen, bevor du sie sehen kannst.«

Auf der Weide war nichts. Die hielten sich für große Witzbolde, die ein Bürschchen aus der Großstadt reinlegten. Ich stieg über den Zaun und marschierte los.

»Okay, wo sind nun die Büffel?« rief ich zurück.

»Die sind da drin. Geh nur weiter.«

Ach du lieber Gott, das alte Späßchen. Verdammte Bauern. Sie würden warten, bis ich weit genug weg war, und dann lachend davonfahren. Aber bitte, warum auch nicht. Ich konnte zu Fuß zurück. Dann war ich wenigstens eine Weile vor Joyce sicher.

Ich ging sehr schnell über die Weide und wartete nur darauf, daß sie wegfuhren. Es war aber nichts zu hören. Ich ging immer weiter, drehte mich dann um, formte meine Hände zu einem Trichter und schrie zurück: »WO BLEIBEN DIE BÜFFEL?«

Die Antwort kam aus der anderen Richtung. Ich hörte die Füße, die auf die Erde trommelten. Sie waren zu dritt, große Tiere, wie im Kino, und sie rannten, sie kamen auf mich zu, und zwar SCHNELL! Einer hatte einen kleinen Vorsprung vor den anderen. Es gab keinen Zweifel, wem ihr Angriff galt.

»Scheißspiel!« sagte ich.

Ich drehte mich wieder um und fing an zu laufen. Der Zaun schien sehr weit weg. Ihn zu erreichen, schien unmöglich. Ich konnte mir nicht die Zeit nehmen, mich umzublicken. Das konnte nachher die entscheidende Sekunde sein. Ich flog über die Weide, mit aufgerissenen Augen. Mann, war ich schnell! Doch sie kamen mir immer näher! Ich spürte, wie rings um mich der Boden bebte, sie mußten mich fast erreicht haben. Ich hörte, wie sie schnauften und schnaubten. Mit letzter Kraft stemmte ich mich vom Boden und sprang über den Zaun. Ich kletterte nicht rüber. Ich segelte rüber. Und landete in einem Graben, auf meinem Rücken, während eins dieser Viecher seinen Kopf über den Zaun streckte und auf mich herunterblickte.

Im Auto bogen sie sich alle vor Lachen. Sie meinten, so was Lustiges hätten sie in ihrem ganzen Leben noch nicht gesehen. Joyce lachte lauter als die beiden anderen zusammen.

Die blöden Viecher gingen eine Weile im Kreis herum und trotteten dann davon.

Ich rappelte mich aus dem Graben hoch und stieg ins Auto.

»So, jetzt hab ich die Büffel gesehen«, sagte ich. »Jetzt brauche ich was zu trinken.«

Sie lachten während der ganzen Fahrt in die Stadt. Kaum hatten sie aufgehört, fing wieder einer an, und die anderen machten mit. Einmal mußte Wally das Auto anhalten. Er konnte nicht mehr fahren. Er machte die Tür auf, ließ sich aus dem Wagen fallen und wälzte sich lachend am Boden. Sogar Oma kam auf ihre Kosten, zusammen mit Joyce.

Später sprach sich die Geschichte im Ort herum, und mein Auftreten wurde etwas weniger forsch. Ich mußte mir die Haare schneiden lassen. Ich erwähnte es Joyce gegenüber.

Sie sagte: »Geh zum Friseur.«

Und ich sagte: »Ich kann nicht. Die Büffel.«

»Hast du vor diesen Männern beim Friseur Angst?«

»Die Büffel«, sagte ich.

Joyce schnitt mir die Haare.

Es ging gründlich daneben.

4

Dann wollte Joyce wieder in die Großstadt zurück. Bei allen Nachteilen war mir diese kleine Stadt, mit oder ohne Haarschneiden, lieber als die Großstadt. Hier war es ruhig. Wir hatten unser eigenes Haus. Joyce fütterte mich gut. Eine Menge Fleisch. Üppiges, gutes, gutgekochtes Fleisch. Das muß ich dem Weibsbild lassen. Kochen konnte sie. Sie kochte besser als alle Frauen, die ich je kannte. Essen ist gut für die Nerven und die Seele. Der Mut kommt aus dem Bauch – alles andere ist Verzweiflung.

Aber nein, sie wollte weg. Oma machte dauernd an ihr rum, und sie ärgerte sich prompt darüber. Mir machte es eher Spaß, den Gauner zu spielen. Ich hatte ihren Vetter, vor dem die ganze Stadt Angst hatte, dazu gebracht, klein beizugeben. Das hatte noch nie einer geschafft. Am Blue-Jeans-Tag sollte jeder im Ort Blue Jeans tragen, oder er wurde in den See geworfen. Ich zog meinen einzigen Anzug und eine Krawatte an, und dann ging ich, wie *Billy the Kid*, langsam, unter den Augen der gesamten Einwohnerschaft, durch die Stadt und betrachtete mir die Schaufenster und kaufte hier und da eine Zigarre. Ich zerbrach die Stadt in zwei Hälften, wie ein Streichholz.

Später traf ich den Doktor auf der Straße. Ich mochte ihn. Er war immer high, immer unter Drogenwirkung. Ich war zwar kein Drogen-Mann, aber ich wußte, wenn ich mich mal für ein paar Tage vor mir selbst verstecken mußte, dann konnte ich von ihm alles bekommen, was ich nur wollte.

»Wir müssen weg von hier«, sagte ich ihm.

»Sie sollten hierbleiben«, sagte er, »das Leben hier ist nicht schlecht. Ideal zum Jagen und Fischen. Gute Luft. Und man ist sein eigener Herr. Die ganze Stadt gehört Ihnen«, sagte er.

»Ich weiß, Doktor, aber sie hat die Hosen an.«

5

Opa stellte also Joyce einen fetten Scheck aus, es war so weit. Wir mieteten ein kleines Haus an einem Hang, und dann kam Joyce mit diesem blöden moralischen Zeug.

»Wir sollten beide arbeiten gehen«, sagte Joyce, »um ihnen zu beweisen, daß du es nicht auf ihr Geld abgesehen hast. Um ihnen zu beweisen, daß wir auf ihre Hilfe nicht angewiesen sind.«

»Baby, du gehst nicht mehr in den Kindergarten. Jeder Idiot kann irgendwie Arbeit finden; nur ein weiser Mann schafft es, sich ohne Arbeit durchzuschlagen. Hier draußen nennt man so was einen Lebenskünstler. Ich möchte es als Lebenskünstler zu etwas bringen.«

Sie ging überhaupt nicht darauf ein.

Dann erklärte ich ihr, wenn ich kein Auto hätte, könnte ich unmöglich Arbeit finden. Joyce hängte sich ans Telefon, und Opa schickte das Geld. Bevor ich wußte, wie mir geschah, saß ich in einem neuen Plymouth. In einem sauberen neuen Anzug und 40-Dollar-Schuhen schickte sie mich los, und ich sagte mir, ach was, Scheiße, ich will versuchen, die Sache möglichst lange auszudehnen. Packer, das war mein Job. Wenn man überhaupt nichts gelernt hatte und tun konnte, dann wurde man das – Packer, Lagerarbeiter, Mädchen für alles. Ich fand zwei Anzeigen, ging zu zwei Firmen, und beide stellten mich an. Die erste roch nach Arbeit, also nahm ich die zweite.

Da war ich also, mit meiner Aufklebermaschine, in einem Antiquitätenladen. Es war leicht. Es gab nur Arbeit für ein oder zwei Stunden am Tag. Ich hörte Radio, baute mir aus Sperrholz ein kleines Büro, stellte einen Schreibtisch hinein, das Telefon, und dann saß ich herum und las die Berichte von der Pferderennbahn. Manchmal wurde es mir langweilig, und dann ging ich hinunter zum Café an der Ecke, setzte mich an einen Tisch, trank Kaffee, aß Kuchen und flirtete mit den Bedienungen.

Die Lastwagenfahrer kamen herein:

»Wo ist Chinaski?«

»Er ist unten im Café.«

Dann kamen sie herunter, tranken eine Tasse Kaffee mit mir, und dann gingen wir zusammen ins Geschäft zurück und brachten es hinter uns, luden ein paar Kisten auf oder ab. Irgendwas mit einem Frachtbrief.

Sie dachten gar nicht daran, mir zu kündigen. Sogar die Verkäufer mochten mich. Sie klauten alles, was nicht niet- und nagelfest war, aber ich verriet nichts. Das war ihr Spielchen. Es interessierte mich nicht. Ich war kein kleiner Dieb. Ich wollte entweder die ganze Welt oder gar nichts.

6

Dieses Haus am Hang roch irgendwie nach Tod. Ich wußte es gleich am ersten Tag, als ich durch die Tür mit dem Fliegengitter in den Hinterhof ging. Ein Surren Schwirren Summen Wimmern begrüßte mich: Zehntausend Fliegen erhoben sich alle gleichzeitig in die Lüfte. In allen Hinterhöfen gab es diese Fliegen – überall wuchs dieses hohe grüne Gras, darin nisteten sie, waren ganz verrückt danach.

Ach du großer Gott, dachte ich, und weit und breit keine Spinne!

Während ich noch dastand, kehrten die zehntausend Fliegen aus dem Himmel zurück, ließen sich im Gras nieder, auf dem Zaun, auf dem Boden, in meinen Haaren, auf meinen Armen, überall. Eine der frecheren stach mich.

Ich fluchte, lief davon und kaufte den größten Insektenspray, den ich überhaupt finden konnte. Stundenlang kämpfte ich mit ihnen, wir hatten eine wilde Schlacht miteinander, die Fliegen und ich, und Stunden später, hustend und halbkrank von dem Gift, schaute ich mich um, und da waren so viele Fliegen wie zuvor. Ich glaube, für jede, die ich umbrachte, brüteten sie in dem hohen Gras schnell zwei neue aus. Ich gab es auf.

Das Schlafzimmer hatte einen Raumteiler, der das Bett vom Rest des Raumes abschirmte. Darauf standen Blumentöpfe, und in den Töpfen wuchsen Geranien. Als ich zum ersten Mal mit Joyce ins Bett stieg und zu bumsen anfing, stellte ich fest, daß die Bretter schwankten und wackelten.

Dann plumps.

»Auu!« sagte ich.

»Was ist denn jetzt los?« fragte Joyce. »Nicht aufhören! Nicht aufhören!«

»Baby, ein Topf mit Geranien ist eben auf meinem Arsch gelandet.«

»Nicht aufhören! Mach weiter!«

»Schon gut, schon gut!«

Ich stocherte drauflos, kam einigermaßen in Fahrt, dann –

»Au, scheiße!«

»Was ist denn? Was ist denn?«

»Wieder ein Topf mit Geranien, Baby, direkt ins Kreuz, dann ist er auf meinen Arsch zu gerollt und auf den Boden gefallen.«

»Ich *scheiß* auf die Geranien! Mach weiter! Mach weiter!«

»Aber bitte, sicher...«

Die ganze Zeit, während wir bumsten, fielen dauernd diese Töpfe auf mich herunter. Es war, als vögle man während eines Luftangriffs. Schließlich schaffte ich es dann doch.

Später sagte ich: »Hör mal, Baby, wir müssen irgendwas mit diesen Geranien tun.«

»Nein, du rührst sie nicht an!«

»Warum, Baby, warum?«

»Weil sie das Vergnügen noch steigern.«

»Steigern?«

»Ganz richtig.«

»Du bist ja verrückt.«

Sie kicherte nur. Doch die Töpfe blieben auf dem Regal, oder doch die meiste Zeit.

7

Dann fing ich an, unzufrieden nach Hause zu kommen.

»Was ist denn los, Hank?«

Ich mußte mich jeden Abend besaufen.

»Der Manager ist schuld, Freddy. Er pfeift dauernd dieses Lied. Er pfeift es morgens, wenn ich komme, er pfeift es den ganzen Tag, und wenn ich abends weggehe, pfeift er es immer noch. Und das seit zwei Wochen!«

»Was für ein Lied ist es denn?«

»*Around The World in Eighty Days.* Ich hab das Lied noch nie leiden können.«

»Dann such dir eben eine andere Stelle.«

»Das tu ich auch.«

»Du bleibst aber dort, bis du einen anderen Job gefunden hast. Wir müssen ihnen beweisen, daß ...«

»Schon gut. Schon gut!«

8

An einem Nachmittag traf ich einen alten Säufer auf der Straße. Ich kannte ihn noch aus den Tagen mit Betty, als wir zusammen oft nacheinander die verschiedenen Bars abklapperten. Er erzählte mir, er habe jetzt eine feste Stelle im Postamt, die Arbeit sei ganz leicht.

Das war eine der größten, fettesten Lügen des Jahrhunderts. Seit Jahren suche ich diesen Kerl, aber ich fürchte, ein anderer Gelackmeierter ist mir zuvorgekommen.

Ich legte also wieder die Prüfung zur Aufnahme in den Staatsdienst ab. Nur daß ich diesmal auf dem Fragebogen nicht »Zusteller« ankreuzte, sondern »Innendienst«.

Als mir der Termin für die feierliche Vereidigung mitgeteilt wurde, hatte Freddy aufgehört, »*Around the World In Eighty Days*« zu pfeifen, aber inzwischen freute ich mich auf den leichten Job bei »Uncle Sam«.

Ich sagte Freddy: »Ich hab da was Privates zu erledigen, ich werde deshalb eine Stunde oder eineinhalb Mittagspause machen.«

»Okay, Hank.«

Ich hatte ja keine Ahnung, wie lange diese Mittagspause werden würde.

9

Wir waren ein großer Haufen da unten. 150 oder 200. Langwierige Formulare waren auszufüllen. Dann standen wir alle auf und richteten unsere Augen auf die Flagge. Der Typ, der die Vereidigung vornahm, war der gleiche, der mich schon mal vereidigt hatte.

Nach der Zeremonie sagte der Typ zu uns:

»Na also, ihr habt jetzt einen guten Job. Seht zu, daß ihr keine krummen Sachen macht, dann habt ihr für den Rest eures Lebens ausgesorgt.«

Ausgesorgt? Das hat man im Gefängnis auch. Mietfreie Unterkunft, keine Nebenkosten, keine Steuerabgaben, keine Unterhaltszahlungen. Keine Autosteuer. Keine Strafzettel. Keine Schwierigkeiten wegen Trunkenheit am Steuer. Keine Verluste auf der Rennbahn. Kostenlose ärztliche Versorgung. Kameradschaft mit Gleichgesinnten. Kirche. Keine Geschlechtskrankheiten. Kostenloses Begräbnis.

Von den 150 oder 200 waren später, nach fast zwölf Jahren, nur noch zwei übrig. So wie sich manche nicht zum Taxifahrer, Zuhälter, Pusher eignen, so eignen sich die meisten, und zwar Männer und Frauen, nicht zum Postler. Und ich kann das gut verstehen. Im Lauf der Jahre sah ich immer wieder Gruppen von 150 oder 200 anmarschieren, und davon blieben dann vielleicht zwei oder drei oder vier übrig – kaum genug, um die zu ersetzen, die ausschieden.

10

Der Typ zeigte uns das ganze Gebäude. Unsere Gruppe war so groß, daß sie uns in kleinere Grüppchen aufteilen mußten. Wir benützten den Aufzug im Schichtbetrieb. Man zeigte uns die Kantine für die Angestellten, das Kellergeschoß, all die stumpfsinnigen Dinge.

Gott im Himmel, dachte ich, wenn der nur schneller machen würde. Seit zwei Stunden ist meine Mittagspause vorbei.

Dann gab uns der Führer Stempelkarten. Er zeigte uns die Stechuhren.

»Und so wird gestempelt.«

Er machte es uns vor. Dann sagte er: »Jetzt bitte alle stempeln.«

Zwölfeinhalb Stunden später, beim Weggehen, stempelten wir wieder. Es war schon eine gewaltige Vereidigungszeremonie.

11

Nach neun oder zehn Stunden wurden die Leute langsam schläfrig und fielen gegen die Verteilerkästen und konnten sich oft gerade noch im letzten Moment aufrappeln. Wir sortierten die Post nach Bezirken. Wenn auf einem Brief »Bezirk 28« stand, steckte man ihn in Fach 28. Es war einfach.

Ein großer schwarzer Kerl sprang auf und fing an seine Arme auszuschütteln, um wachzubleiben. Er taumelte herum.

»Herr Gott noch mal! Ich halte das nicht aus!« sagte er.

Und er war kräftig und stark wie ein Bulle. Dieselben Muskeln immer und immer wieder einzusetzen, war recht ermüdend. Mir tat alles weh. Und am Ende des Ganges stand ein Aufseher, ein zweiter Stone, und er hatte diesen Gesichtsausdruck – die müssen das vor dem Spiegel üben, alle Aufseher hatten diesen Gesichtsausdruck – sie sahen einen an, als sei man bestenfalls ein Haufen Scheiße. Doch sie waren durch die gleiche Tür hereingekommen. Sie hatten auch einmal als Verteiler oder Zusteller angefangen. Ich verstand das nicht. Es waren sorgfältig ausgewählte Schwachköpfe.

Man mußte ständig einen Fuß auf dem Boden haben. Auf der untersten Stufe des Stützbrettes. Das »Stützbrett« war nichts anderes als ein kleines rundes Polster auf einer Stelze. Sprechen verboten. Zwei Verschnaufpausen von jeweils zehn Minuten während der acht Stunden. Sie schrieben die genaue Zeit auf, wann man wegging und wann man wiederkam.

Blieb man zwölf oder dreizehn Minuten weg, bekam man das zu hören.

Aber die Bezahlung war besser als im Antiquariat. Und ich dachte, ich werde mich schon daran gewöhnen.

Ich gewöhnte mich nie daran.

12

Dann brachte uns der Aufseher in eine andere Abteilung. Zehn Stunden waren wir dort gewesen.

»Bevor Sie anfangen«, sagte er, »möchte ich Sie auf etwas aufmerksam machen. Jeder Korb mit dieser Sorte von Post muß in 23 Minuten verteilt werden. Das ist die Mindestleistung. Dann wollen wir doch jetzt mal, nur zum Spaß, sehen, ob wir alle diese Mindestleistung schaffen! Achtung, ein, zwei drei ... LOS!«

Was zum Teufel soll denn das? dachte ich. Ich bin müde.

Jeder Korb war vielleicht sechzig Zentimeter lang. Aber jeder Korb enthielt eine unterschiedliche Menge Briefe. Manche Körbe hatten zwei- oder dreimal soviel Post wie andere, je nach Größe der Briefe.

Arme fingen an, über die Briefe herzufallen. Angst vor dem Versagen.

Ich ließ mir Zeit.

»Wenn Sie mit dem ersten Korb fertig sind, fangen Sie gleich mit dem nächsten an!«

Sie strengten sich unheimlich an. Dann sprangen sie auf und holten sich den nächsten Korb.

Der Aufseher blieb hinter mir stehen. »Sehen Sie«, sagte er und zeigte auf mich, »*dieser* Mann leistet was. Er hat seinen zweiten Korb schon halb verteilt!«

Es war mein erster Korb. Ich wußte nicht, ob er versuchte, mich hereinzulegen oder nicht; aber da ich einen solchen Vorsprung vor den anderen hatte, schlug ich ein noch gemächlicheres Tempo an.

13

Um halb vier waren meine zwölf Stunden abgelaufen. Damals bekamen Aushilfen noch keinen Zuschlag für Überstunden. Man wurde dafür einfach normal bezahlt. Und man wurde als »vorläufiger Aushilfsbeamter auf unbestimmte Zeit« angestellt.

Ich stellte meinen Wecker so, daß ich morgens um acht im Antiquariat sein konnte.

»Was war denn, Hank? Wir haben schon geglaubt, du seist in einen Unfall verwickelt worden. Wir haben dauernd darauf gewartet, daß du zurückkommst.«

»Ich kündige.«

»Du kündigst?«

»Ja, oder wollt ihr einem einen Vorwurf machen, der sich verbessern will?«

Ich ging ins Büro und bekam meinen Scheck. Ich war endgültig wieder bei der Post.

14

Und da war immer noch Joyce, mit ihren Geranien und etlichen Millionen, falls es mir gelang, bei der Stange zu bleiben. Joyce und die Fliegen und die Geranien. Ich arbeitete die Nachtschicht, zwölf Stunden, und sie fummelte tagsüber an mir herum und versuchte, das Letzte aus mir herauszuholen. Ich wachte immer wieder aus dem tiefsten Schlaf auf, weil mich diese Hand streichelte. Dann mußte ich es tun. Das gute Mädchen war verrückt.

Dann kam ich eines Morgens nach Hause, und sie sagte: »Hank, sei mir nicht böse.«

Ich war zu müde, um ihr böse zu sein.

»Was issen, Baby?«

»Ich habe uns einen Hund besorgt. Einen jungen Hund.«

»Okay. Das ist nett. Hunde sind in Ordnung. Wo ist er?«

»Er ist in der Küche. Ich habe ihn Picasso getauft.«

Ich ging in die Küche und betrachtete den Hund. Er

konnte nichts sehen. Haare fielen ihm über die Augen. Ich sah zu, wie er sich bewegte. Dann hob ich ihn auf und schaute ihm in die Augen. Armer Picasso!

»Baby, weißt du, was du da angestellt hast?«

»Du magst ihn nicht?«

»Ich habe nicht gesagt, daß ich ihn nicht mag. Aber er ist schwachsinnig. Er hat einen I. Q. von vielleicht 12. Du hast einen Idioten von einem Hund heimgebracht.«

»Woher willst du das wissen?«

»Ich weiß das, weil ich ihn angeschaut habe.«

In dem Augenblick fing Picasso an zu pissen. Picasso war voller Pisse. In langen gelben Bächlein lief es über den Küchenboden. Dann war Picasso fertig, drehte sich um und betrachtete sich sein Werk.

Ich hob ihn auf.

»Wisch es auf.«

Picasso war also nur noch ein zusätzliches Problem.

Als ich nach einer 12-Stunden-Nacht aufwachte, weil mich Joyce unter den Geranien in Fahrt brachte, sagte ich:

»Wo ist Picasso?«

»Ach, zum Teufel mit Picasso!« sagte sie.

Ich kletterte aus dem Bett, nackt, mit diesem großen Ding vor meinem Bauch.

»Sag bloß, du hast ihn schon wieder im Hof draußen gelassen! Ich hab dir doch gesagt, du sollst ihn tagsüber nicht im Hof lassen!«

Dann ging ich hinaus in den Hinterhof, nackt, zu müde, mich anzuziehen; er war ziemlich gut abgeschirmt. Und da war der arme Picasso, mit fünfhundert Fliegen bedeckt, in kleinen Kreisen krochen sie überall auf ihm herum. Ich lief mit meinem Ding (das jetzt kleiner wurde) hinaus und verfluchte diese Fliegen. Sie saßen ihm in den Augen, unterm Haar, in den Ohren, auf den Geschlechtsteilen, im Maul ... überall. Und er saß einfach da und lächelte mir zu. Lachte mir zu, während ihn die Fliegen auffraßen. Vielleicht wußte er mehr als wir alle zusammen. Ich hob ihn auf und trug ihn ins Haus.

»... the little dog laughed
to see such sport;
And the dish ran away
with the spoon.«

»Herr Gott noch mal, Joyce! Wie oft soll ich es dir denn noch sagen sagen sagen?«

»Nun, *du* hast ihn doch stubenrein gemacht. Er muß raus, zum Scheißen!«

»Das schon, aber wenn er fertig ist, sollst du ihn wieder reinlassen. Von selber kommt er nicht rein, dazu ist er zu dumm. Und sorg dafür, daß das Zeug wegkommt, wenn er fertig ist. Du schaffst allmählich ein richtiges Fliegenparadies da draußen.«

Und dann, sobald ich wieder einschlief, fing Joyce erneut an, mich zu streicheln. Es war ein mühsamer Weg zu den paar Millionen.

15

Im Halbschlaf saß ich auf einem Stuhl und wartete auf das Essen.

Ich stand auf, um mir ein Glas Wasser zu holen, und als ich in die Küche kam, sah ich, wie Picasso auf Joyce zuging und ihr den Knöchel abschleckte. Ich war barfuß, und sie hörte mich nicht. Sie trug hohe Absätze. Sie blickte auf Picasso hinunter, und ihr Gesicht war voll kleinstädtischem Haß, es glühte richtig vor Zorn. Sie trat ihn kräftig in die Seite, mit einem spitzigen Schuh. Der arme Kerl lief einfach im Kreis herum und wimmerte. Pisse tropfte ihm aus der Blase. Ich ging mit meinem leeren Glas hinein, und bevor ich es noch füllen konnte, warf ich es gegen den Küchenschrank links vom Spültisch. Glasscherben flogen in alle Richtungen. Joyce hatte gerade noch Zeit, sich das Gesicht zu bedecken. Ich machte mir gar nicht erst die Mühe. Ich hob den Hund vom Boden auf und ging hinaus. Ich setzte mich mit ihm auf den Stuhl und streichelte den armen Wicht. Er blickte zu mir auf, und seine Zunge kam zum Vorschein und leckte mir das Handgelenk. Sein Schwanz wedelte und schnalzte wie ein Fisch, der auf dem Trockenen liegt und sterben muß.

Ich sah Joyce auf den Knien, wie sie die Glasscherben in eine große Tüte sammelte. Dann fing sie an zu schluchzen. Sie versuchte es zu verbergen. Sie hatte mir den Rücken zugewandt, aber ich konnte die Zuckungen sehen, die sie erschütterten und an ihr zerrten.

Ich stellte Picasso auf den Boden und ging in die Küche.

»Baby, Baby, nicht.«

Ich stellte mich hinter sie und hob sie vom Boden. Sie war schlaff.

»Baby, es tut mir leid ... es tut mir *leid.*«

Ich drückte sie an mich, meine Hand lag flach auf ihrem Bauch. Ich rieb ihr sanft und gleichmäßig den Bauch und versuchte, die Zuckungen zu bremsen.

»Ruhig, Baby, ganz ruhig. Schön ruhig ...«

Sie beruhigte sich ein wenig. Ich schob ihr Haar zur Seite und küßte sie hinters Ohr. Da war es schön warm. Sie zog hastig den Kopf weg. Als ich sie das nächste Mal dort küßte, zog sie nicht mehr den Kopf weg. Ich spürte, wie sie einatmete; dann stöhnte sie leise. Ich hob sie hoch und trug sie ins andere Zimmer und setzte mich mit ihr im Schoß auf einen Stuhl. Sie blickte mich nicht an. Ich küßte sie auf den Hals und die Ohren. Eine Hand um ihre Schultern und die andere über der Hüfte. Ich bewegte die Hand über ihrer Hüfte auf und ab, in dem Rhythmus, in dem sie atmete, um die böse Elektrizität abklingen zu lassen.

Schließlich blickte sie mich mit einem kaum wahrnehmbaren Lächeln an. Ich bewegte meinen Kopf auf sie zu und biß sie in die Kinnspitze.

»Verrücktes Weib!« sagte ich.

Sie lachte, und dann küßten wir uns, und unsere Köpfe bewegten sich vor und zurück. Sie fing wieder an zu schluchzen.

Ich wich zurück und sagte: »LASS DAS JETZT!«

Wir küßten uns wieder. Dann nahm ich sie in meine Arme und trug sie ins Schlafzimmer, legte sie aufs Bett, zog mir blitzschnell Hosen, Unterhosen und Schuhe aus, zog ihr das Höschen herunter und über die Schuhe, streifte ihr einen Schuh ab, ließ den anderen an ihrem Fuß, und dann bumste ich sie so gut wie schon seit Monaten nicht mehr. Sämtliche Geranien fielen aus dem Regal. Als ich fertig war, brachte ich sie behutsam zurück, spielte mit ihren langen Haaren, erzählte ihr alles Mögliche. Sie schnurrte. Schließlich stand sie auf und ging ins Bad.

Sie kam nicht zurück. Sie ging in die Küche und fing an zu spülen und zu singen.

Bei Gott, Steve McQueen hätte das nicht besser hingekriegt.

Ich mußte mit zwei Picassos zurechtkommen.

16

Nach dem Mittag- oder Abendessen oder was immer es war – mit meiner verrückten 12-Stunden-Nacht wußte ich nie, wo ich dran war – sagte ich: »Schau mal, Baby, es tut mir ja leid, aber du mußt doch sehen, daß mich dieser Job wahnsinnig macht. Warum hören wir nicht einfach auf damit. Dann können wir einfach herumliegen und bumsen und spazierengehen und uns unterhalten. Wir können in den Zoo gehen. Tiere anschauen. Wir können zum Strand hinunterfahren und den Ozean anschauen. Es sind nur 45 Minuten. Wir können in die Halle mit den Spielautomaten gehen. Oder zu den Pferderennen, ins Kunstmuseum, zu einem Boxkampf. Wir können uns Freunde anschaffen. Und lachen. Unser jetziges Leben ist genau wie das Leben aller anderen Leute: es bringt uns noch um.«

»Nein, Hank, wir müssen ihnen beweisen, wir müssen ihnen beweisen...«

Da redete wieder das kleinstädtische Texasmädchen aus ihr.

Ich gab auf.

17

Jeden Abend, bevor ich zur Arbeit fuhr, legte Joyce meine Kleider auf dem Bett bereit. Es war durchweg das Teuerste, was man kaufen konnte. Ich trug nie dasselbe Paar Hosen, dasselbe Hemd, dieselben Schuhe in zwei aufeinanderfolgenden Nächten. Ich hatte Dutzende verschiedene Monturen. Ich zog einfach das an, was sie mir zurechtlegte. Ganz wie Mama früher.

Eigentlich hab ich's nicht sehr weit gebracht, dachte ich, und dann zog ich das Zeug an.

18

Sie hatten diese Sache, die sie Schulung nannten, dreißig Minuten in jeder Nacht, und in der Zeit brauchten wir wenigstens keine Post zu sortieren.

Ein großer Italiano stieg auf das Podium, um uns einzuweisen.

»...nichts riecht so fein wie guter sauberer Schweiß, doch nichts riecht schlimmer als alter, abgestandener Schweiß...«

Großer Gott, dachte ich, höre ich richtig? Und so was wird von der Regierung gebilligt. Dieser Trottel sagt mir, ich solle mich unter den Armen waschen. Mit einem Ingenieur oder Konzertmeister würden sie das nicht machen. Der degradiert uns.

»...baden Sie also täglich. Nicht nur Ihre Arbeitsleistung wird bewertet, sondern auch Ihre äußere Erscheinung.«

Ich glaube, er hätte gerne das Wort »Hygiene« irgendwo untergebracht, aber er brachte es einfach nicht heraus.

Dann ging er auf dem Podium nach hinten und zog eine große Landkarte herunter. Ein Riesending. Sie erstreckte sich über die halbe Bühne. Von irgendwoher schien ein Licht auf die Landkarte. Und der große Italiano nahm einen Zeigestock mit einem kleinen Gumminippel am Ende, so wie früher in der Volksschule, und er zeigte auf die Landkarte.

»Sehen Sie hier diese große GRÜNE Fläche? Es ist eine verdammt große Fläche. Sehen Sie genau hin!«

Er nahm seinen Zeigestock und fuhr damit über das Grün, hin und her.

Es gab damals wesentlich stärkere antirussische Gefühle

als heute. China hatte noch nicht angefangen, seine Muskeln zu zeigen. Vietnam war nur eine Party mit ein bißchen Feuerwerk. Aber ich glaubte trotzdem, ich spinne. Ich hör doch wohl nicht richtig? Doch keiner der Zuhörer protestierte. Sie brauchten den Job. Und Joyce meinte, ich brauche ihn auch.

Dann sagte er: »Sehen Sie, hier. Das ist *Alaska*! Und dort sind *sie*! Sieht fast so aus, als könnten sie herüberspringen, nicht wahr?«

»Stimmt«, sagte irgendein Musterschüler in der ersten Reihe.

Der Italiano ließ die Karte nach oben schnellen. Sie rasselte nach oben und war mit einem kriegerischen Knall verschwunden.

Dann kam er auf dem Podium wieder nach vorne und zeigte mit dem Gumminippel auf uns.

»Ich möchte, daß Sie verstehen, daß wir unter allen Umständen sparen müssen! Über eines müssen Sie sich im klaren sein: JEDER BRIEF, DEN SIE VERTEILEN – JEDE SEKUNDE, JEDE MINUTE, JEDE STUNDE, JEDEN TAG, JEDE WOCHE – JEDER BRIEF, DEN SIE ZUSÄTZLICH ZU DER VORGESCHRIEBENEN ANZAHL VERTEILEN, TRÄGT DAZU BEI, DIE RUSSEN ZU BESIEGEN! So, das ist alles für heute. Bevor Sie weggehen, bekommen Sie noch Ihre Tabelle mit den Zustellbezirken.«

Tabelle mit den Zustellbezirken. Was war denn das?

Einer ging herum und teilte diese Listen aus.

»Chinaski?« sagte er.

»Ja?«

»Sie haben Bezirk 9.«

»Danke«, sagte ich.

Ich hatte keine Ahnung, was ich da sagte. Bezirk 9 war das größte Postamt in der Stadt. Einige der Burschen bekamen ganz winzige Bezirke. Es war wie mit dem sechzig Zentimeter langen Korb in 23 Minuten – sie überfuhren einen glatt damit.

19

Als sie am nächsten Abend mit der Gruppe vom Hauptgebäude zum Schulungsgebäude überwechselten, blieb ich zurück, um mit Gus, dem alten Zeitungsausträger, zu reden. Gus war einmal im Weltergewicht der dritte in der Reihe der Herausforderer gewesen, doch den Champion hatte er nie zu Gesicht bekommen. Er war Rechtsausleger, und mit denen legt sich ja bekanntlich keiner gerne an – da muß einer erst völlig umlernen. Wozu sich die Mühe machen? Gus ging mit mir hinein, und wir genehmigten uns ein paar Schlückchen aus seiner Flasche. Dann versuchte ich, die Gruppe wieder einzuholen.

Der Italiano wartete auf mich an der Tür. Er sah mich kommen. Ging mir ein Stück entgegen.

»Chinaski?«

»Ja?«

»Sie haben sich verspätet.«

Ich sagte gar nichts. Wir gingen zusammen auf das Gebäude zu.

»Ich hätte Lust, Ihnen dafür eine schriftliche Verwarnung zu geben«, sagte er.

»Oh, *bitte* tun Sie das nicht! *Bitte* nicht!« sagte ich, während er neben mir herging.

»Na schön«, sagte er, »dieses eine Mal will ich es Ihnen noch durchgehen lassen.«

»Vielen Dank«, sagte ich, und wir gingen zusammen hinein.

Wissen Sie was? Der Scheißkerl verbreitete einen üblen Körpergeruch.

20

Unsere dreißig Minuten galten jetzt ganz dem Lernen der Tabellen. Sie gaben jedem einen Stapel Karten, die wir auswendig lernen und in unsere Fächer stecken mußten. Um zu bestehen, mußte man hundert Karten in maximal acht Minuten verteilen, und davon mußten mindestens 95 richtig sein. Man bekam drei Versuche, und wenn man es beim dritten Mal nicht schaffte, ließen sie einen gehen. Genauer gesagt: man wurde gefeuert.

»Einige von Ihnen werden es nicht schaffen«, sagte der Italiano. »Dann sind Sie vielleicht für andere Aufgaben bestimmt. Vielleicht werden Sie eines Tages Präsident von General Motors.«

Dann waren wir Italiano los und bekamen unseren netten kleinen Ausbilder, der uns ermutigte.

»Das schafft ihr schon, Kameraden, es ist gar nicht so schwer, wie es aussieht.«

Jede Gruppe bekam ihren eigenen Ausbilder, der ebenfalls bewertet wurde, je nach dem Prozentsatz der Leute, die die Prüfungen bestanden. Wir hatten den Typ mit dem niedersten Prozentsatz. Er machte sich Sorgen.

»Es ist überhaupt nichts dabei, Kameraden, ihr braucht euch nur ein bißchen zu konzentrieren.«

Einige hatten dünne Stapel, ich hatte den fettesten von allen.

Ich stand einfach da in meinen vornehmen neuen Kleidern. Stand da mit den Händen in den Taschen.

»Chinaski, wo fehlt's denn?« fragte der Ausbilder. »Ich weiß, daß *Sie* es spielend schaffen.«

»Sicher. Klar. Ich denke nur gerade.«

»Was denken Sie denn?«

»Nichts.«

Und dann wandte ich mich ab.

Eine Woche später stand ich immer noch mit den Händen in den Taschen da, und eine Aushilfe kam zu mir her.

»Sir, ich glaube, ich beherrsche jetzt meine Tabelle.«

»Sind Sie auch sicher?« fragte ich ihn.

»Beim Üben habe ich 97, 98, 99 und ein paarmal 100 geschafft.«

»Sie müssen verstehen, daß wir sehr viel Geld für Ihre Ausbildung ausgeben. Wir legen großen Wert darauf, daß Sie die Tabellen aus dem Effeff beherrschen!«

»Sir, ich bin bereit!«

»Na gut«, ich schüttelte ihm die Hand, »dann nichts wie ran, mein Junge, und viel Glück.«

»Vielen Dank, Sir!«

Er lief hinüber zum Prüfungsraum, der ringsum eingeglast war wie ein Aquarium und in dem sie sehen wollten, ob man sich über Wasser halten konnte. Die armen Fische. Wie war ich doch seit den Tagen als Kleinstadtgauner heruntergekommen. Ich ging in den Schulungsraum, streifte das Gummiband von den Karten und sah sie mir zum ersten Mal an.

»So ein Scheißdreck!« sagte ich.

Ein paar der Typen lachten. Dann sagte der Ausbilder: »Die dreißig Minuten sind vorbei. Sie gehen jetzt zurück an die Arbeit.«

Und das hieß: zurück zu den zwölf Stunden.

Sie konnten nie genug Leute halten, die die Post verteilten. Deshalb mußten die, die zurückblieben, alles tun. Laut Arbeitsplan mußten wir zwei Wochen durcharbeiten, doch dann sollten wir vier Tage freibekommen. Nur so hielten wir es aus. Wir dachten an die viertägige Verschnaufpause. In der letzten Nacht vor den vier freien Tagen kam es über die Lautsprecheranlage:

»ACHTUNG! ACHTUNG! ALLE AUSHILFEN IN GRUPPE 409!...«

Ich war in Gruppe 409.

»...IHRE VIER ARBEITSFREIEN TAGE SIND GESTRICHEN WORDEN. SIE HABEN SICH WÄHREND DIESER VIER TAGE ZUR ARBEIT EINZUFINDEN!«

21

Joyce fand eine Stelle bei der Bezirksverwaltung, und zwar ausgerechnet bei der Polizei. Ich war mit einem Bullen verheiratet! Aber es war wenigstens am Tage, und so hatte ich vor diesen Fummelhänden ein wenig Ruhe, doch dafür kaufte Joyce zwei Wellensittiche, und die verdammten Viecher redeten nicht, sie machten einfach den ganzen Tag lang diese Geräusche.

Joyce und ich sahen uns beim Frühstück und beim Abendessen – es eilte dabei immer sehr – recht angenehm. Obwohl es ihr auch jetzt noch gelegentlich gelang, mich zu vergewaltigen, war die Lage entschieden besser als vorher – bis auf die Wellensittiche.

»Hör mal, Baby...«

»Was ist denn nun schon wieder?«

»Also gut. An die Geranien und die Fliegen und Picasso habe ich mich ja gewöhnt, aber du mußt dir doch darüber klar werden, daß ich jede Nacht zwölf Stunden arbeite und nebenher noch eine Tabelle zu lernen versuche, und das bißchen Energie, das mir noch bleibt, belästigst du...«

»Belästigst?«

»Na gut. Ich hab mich nicht richtig ausgedrückt. Es tut mir leid.«

»Was meinst du mit ›belästigen‹?«

»Wie gesagt, vergessen wir das! Aber schau mal, die Wellensittiche...«

»Jetzt sind es also die Wellensittiche! Belästigen die dich auch?«

»Jawohl, genauso ist es. Hör doch.«

»Wer liegt oben?«

»Werd bloß nicht komisch. Werd nicht unanständig. Ich bemühe mich, dir etwas auseinanderzusetzen.«

»Jetzt willst du mir auch noch sagen, wie ich werden soll!«

»Schluß jetzt! *Scheiße! Du* sitzst schließlich auf dem Geldsack! Läßt du mich jetzt reden oder nicht? Antworte mir, ja oder nein?«

»Also gut, kleines Baby: ja.«

»Na also. Das kleine Baby sagt: ›Mama! Mama!‹ Diese Scheißwellensittiche bringen mich noch um den Verstand!«

»Aha, und jetzt sag Mama, wie dich die Wellensittiche um den Verstand bringen.«

»Nun, das ist so, Mama, die Dinger plappern den ganzen Tag, sie hören nie auf, und ich warte dauernd darauf, daß sie etwas sagen, aber sie sagen nie etwas, und ich kann den ganzen Tag nicht schlafen, weil ich immer diesen Idioten zuhöre!«

»Na schön, kleines Baby. Wenn sie dich nicht schlafen lassen, laß sie hinaus.«

»Laß sie hinaus, Mama?«

»Ja, laß sie hinaus.«

»Ist gut, Mama.«

Sie gab mir einen Kuß und schwänzelte dann die Treppe hinunter, um ihren Dienst als Polyp anzutreten.

Ich ging zu Bett und versuchte zu schlafen. Wie die plapperten! Mir tat jeder Muskel im Körper weh. Ob ich mich nun auf die eine Seite legte oder auf die andere oder auf den Rücken, mir tat alles weh. Ich fand heraus, daß es auf dem Bauch noch am ehesten ging, aber das war anstrengend. Ich brauchte zwei oder drei Minuten, nur um meine Stellung zu wechseln.

Ich warf mich herum, mal so, mal so, fluchte, schrie auch ein bißchen, lachte gelegentlich, denn meine Lage war ausgesprochen lächerlich. Und das Geplapper ging weiter. Sie schafften mich. Was wußten sie in ihrem kleinen Käfig schon von Schmerzen? Tratschende Eierköpfe! Nur Federn; ein Gehirn so groß wie ein Stecknadelkopf.

Mühsam stieg ich aus dem Bett, ging in die Küche, füllte ein Glas mit Wasser, und dann ging ich zu dem Käfig hin und goß Wasser über sie.

»Arschficker!« verfluchte ich sie.

Sie schauten mich aus ihren nassen Gesichtern traurig an. Sie waren *still*! Es geht eben doch nichts über die alte Wasserbehandlung! So ein Seelendoktor weiß doch, was er tut.

Dann beugte sich der Grüne mit der gelben Brust vor und biß sich in die Brust. Dann blickte er wieder auf und fing an mit dem Roten mit der grünen Brust zu plappern, und weiter ging's wie vorher.

Ich saß auf der Bettkante und hörte ihnen zu. Picasso kam her und biß mich ins Fußgelenk.

Jetzt reichte es mir endgültig. Ich nahm den Käfig nach draußen. Picasso folgte mir. Zehntausend Fliegen erhoben sich senkrecht in die Luft. Ich stellte den Käfig auf die Erde, machte die kleine Tür auf und setzte mich auf die Treppe.

Beide Vögel blickten auf die offene Käfigtür. Sie kapierten nicht und kapierten doch. Ich sah direkt, wie sie ihren kleinen Verstand in Gang zu setzen versuchten. Sie hatten ihr Fressen und ihr Wasser vor sich stehen, doch was war diese offene Tür?

Der Grüne mit der gelben Brust ging zuerst. Er sprang von seiner Stange herunter auf die Öffnung zu. Da saß er und umklammerte den Draht. Er blickte sich nach den Fliegen um. Fünfzehn Sekunden stand er da und versuchte sich zu entscheiden. Dann klickte irgendwas in seinem Kopf. Oder ihrem Kopf. Er flog nicht. Er schoß senkrecht in den Himmel. Direkt nach oben. Senkrecht nach oben! So gerade wie ein Pfeil! Picasso und ich saßen da und sahen zu. Das verdammte Biest war fort.

Dann kam der Rote mit der grünen Brust.

Der Rote zögerte viel länger. Er ging nervös im Käfig hin und her. Es war eine verdammt schwere Entscheidung. Menschen, Vögel, alle müssen solche Entscheidungen treffen. Das Leben war hart.

Der Rote spazierte also herum und dachte nach. Gelbes Sonnenlicht. Summende Fliegen. Mann und Hund schauen zu. Und der ganze Himmel, der ganze Himmel.

Es war zuviel. Der Rote sprang an die Tür. Drei Sekunden.

ZACK!

Der Vogel war weg.

Picasso und ich nahmen den leeren Käfig und gingen ins Haus zurück.

Ich schlief gut, zum ersten Mal seit Wochen. Ich vergaß sogar, den Wecker zu stellen. Ich ritt auf einem weißen Pferd den Broadway in New York entlang. Ich war eben zum Bürgermeister gewählt worden. Ich hatte einen gewaltigen Steifen, und dann warf jemand einen Batzen Dreck nach mir ... und Joyce rüttelte mich.

»Was ist mit den Vögeln passiert?«

»Zum Teufel mit den Vögeln! Ich bin Bürgermeister von New York!«

»Was mit den Vögeln ist, will ich wissen! Das einzige, was ich finden kann, ist ein leerer Käfig!«

»Vögel? Vögel? Was für Vögel denn?«

»Wach endlich auf, verdammt noch mal!«

»Gab's Schwierigkeiten im Büro? Du scheinst schlecht aufgelegt.«

»WO SIND DIE VÖGEL?«

»Du hast doch gesagt, ich soll sie hinauslassen, wenn ich ihretwegen nicht schlafen kann.«

»Ich hab doch gemeint, du sollst den Käfig auf die Veranda oder in den Hinterhof stellen, du Schwachkopf!«

»Schwachkopf?«

»Jawohl, du Schwachkopf! Willst du mir sagen, du hast die Vögel aus dem Käfig gelassen? Willst du wirklich sagen, du hast sie rausgelassen?«

»Nun ja, ich kann nur sagen, sie sind nicht im Bad eingeschlossen, sie sind auch nicht im Schrank.«

»Die werden da draußen verhungern!«

»Sie können doch Würmer fangen, Beeren fressen und so.«

»Das können sie nicht! Das können sie eben nicht! Sie wissen gar nicht, wie! Sie werden sterben!«

»Wer nicht lernt, muß eben sterben«, sagte ich, und dann drehte ich mich langsam auf die andere Seite und schlief wieder ein. Undeutlich hörte ich, wie sie sich etwas zu essen kochte und Deckel und Löffel fallen ließ und fluchte. Aber Picasso war bei mir auf dem Bett, Picasso war vor ihren spitzigen Schuhen sicher. Ich hielt ihm meine Hand hin und er leckte sie ab und dann schlief ich.

Das heißt, eine Zeitlang. Denn ich wachte auf, als jemand an mir herumfummelte. Ich blickte auf, und sie starrte mir wie eine Verrückte in die Augen. Sie war nackt, ihre Brüste baumelten unmittelbar vor meinen Augen. Ihre Haare kitzelten mich in den Nasenlöchern. Ich dachte an ihre Millionen, packte sie, warf sie auf den Rücken und steckte mein Ding rein.

22

Sie war kein richtiger Polyp, sie arbeitete nur bei denen auf dem Büro. Und wenn sie jetzt heimkam, erzählte sie mir immer öfter von einem Typ, der eine rote Krawattennadel trage und ein »richtiger Gentleman« sei.

»Ach, er ist so *gut* zu mir!«

Jeden Abend hörte ich etwas über ihn.

»Nun«, sagte ich etwa, »wie geht's denn der Roten Krawattennadel?«

»Ach«, sagte sie, »weißt du, was passiert ist?«

»Nein, Kleines, deshalb frag ich ja.«

»Ach, er ist ein ECHTER Gentleman!«

»Schon gut. Schon gut. Was ist passiert?«

»Ach weißt du, er hat soviel *durchgemacht*!«

»Natürlich.«

»Seine Frau ist gestorben, mußt du wissen.«

»So, muß ich das.«

»Sei nicht so schnippisch. Ich sage dir doch, seine Frau ist gestorben, und das kostete ihn fünfzehntausend Dollar an Arzt- und Bestattungskosten.«

»Na und?«

»Ich ging gerade den Flur hinunter. Er kam aus der anderen Richtung. Wir trafen uns. Er schaute mich an und sagte mit seinem türkischen Akzent: ›Ahh, Sie sind so schön!‹ Und weißt du, was er tat?«

»Nein, Kleines, sag's mir. Sag's mir schnell.«

»Er hat mich auf die Stirn geküßt, ganz leicht, ganz, ganz leicht. Und dann ging er weiter.«

»Ich will dir mal was sagen, Kleines. Er hat zu viele Filme gesehen.«

»Woher hast du denn das gewußt?«

»Wie, wieso?«

»Er besitzt ein Autokino. Er bedient es jeden Abend nach Dienstschluß.«

»Kein Wunder«, sagte ich.

»Aber er ist ein *richtiger* Gentleman!« sagte sie.

»Sieh mal, Kleines, ich will dich ja nicht beleidigen, aber –«

»Aber was?«

»Sieh mal, du gehörst einfach in eine Kleinstadt. Ich habe über fünfzig Jobs gehabt, vielleicht hundert. Ich bin nirgends lange geblieben. Was ich sagen will, ist, daß in den Büros in ganz Amerika bestimmte Spielchen gespielt werden. Die Leute langweilen sich, sie wissen nicht was tun, da spielen sie eben das Spiel namens ›Büro-Romanze‹. In den meisten Fällen bedeutet das nichts weiter als Zeitvertreib. Manchmal schafft es einer, die eine oder andere Frau zu bumsen. Aber selbst dann ist es kaum mehr als ein Zeitvertreib, so wie Kegeln oder Fernsehen oder eine Silvesterparty. Du mußt unbedingt begreifen, daß es überhaupt nichts bedeutet, dann bleiben nachher keine Wunden zurück. Verstehst du, was ich sagen will?«

»Ich glaube, Mr. Partisian ist ein aufrechter Mensch.«

»Du wirst an dieser Krawattennadel noch hängenbleiben, Kleines, denk an mich. Nimm dich in acht vor diesen aalglatten Typen. Die sind so falsch wie Falschgeld.«

»Er ist nicht falsch. Er ist ein Gentleman. Ein richtiger Gentleman. Ich wollte, du wärst ein Gentleman.«

Ich gab es auf. Ich setzte mich auf die Couch und nahm meine Tabelle zur Hand und versuchte, Babcock Boulevard auswendig zu lernen. Babcock gliederte sich so: 14, 39, 51, 62. Wär doch gelacht, wenn ich das nicht schaffte.

23

Endlich bekam ich einen Tag frei, und wissen Sie, was ich tat? Ich stand früh auf, noch bevor Joyce zurückkam, und ging hinunter zum Lebensmittelgeschäft, um ein wenig einzukaufen, und vielleicht war ich verrückt. Ich ging durch den Laden, und anstatt ein schönes rotes Steak oder gar ein Brathähnchen zu kaufen, hatte ich plötzlich eine Idee. Ich ging hinüber in die orientalische Abteilung und fing an, meinen Korb mit Kraken, Seeschlangen, Schnecken, Seetang und so fort zu füllen. Der Mann an der Kasse schaute mich komisch an und begann zu addieren.

Als Joyce an dem Abend nach Hause kam, hatte ich alles

auf dem Tisch, säuberlich zubereitet. Gekochter Seetang mit Spinnenkrabbe gemischt, und ganze Haufen goldener, in Butter gebratener Schnecken.

Ich ging mit ihr in die Küche und zeigte ihr das Zeug auf dem Tisch.

»Ich habe das dir zu Ehren gekocht«, sagte ich, »als Zeichen für unsere Liebe.«

»Himmel Arsch, was ist das für ein Scheißdreck?« fragte sie.

»Schnecken.«

»Schnecken?«

»Ja, wußtest du denn nicht, daß die Leute im Orient seit vielen Jahrhunderten von diesem und ähnlichem Getier gedeihen? Laßt uns sie ehren, und mit ihnen uns. Es ist alles in Butter gebraten.«

Joyce kam an den Tisch und setzte sich.

Ich fing an, Schnecken in den Mund zu stopfen.

»Herr Gott, die sind gut, Baby! PROBIER MAL EINE!«

Joyce holte sich eine mit der Gabel und schob sie in den Mund, wobei sie die anderen auf ihrem Teller im Auge behielt.

Ich stopfte mir den Mund mit einer großen Portion köstlichen Seetangs.

»Gut, was, Baby?«

Sie kaute die Schnecke in ihrem Mund.

»In goldener Butter gebraten!«

Ich griff mir ein paar mit den Fingern und warf sie in meinen Mund.

»Die Jahrhunderte sind auf unserer Seite, Kleines. Wir können gar nicht fehlgehen.«

Schließlich schluckte sie's runter. Und untersuchte dann die anderen auf ihrem Teller.

»Sie haben alle winzige kleine *Arschlöcher*! Es ist furchtbar! Furchtbar!«

»Was ist denn an Arschlöchern so furchtbar, Baby?«

Sie hielt sich eine Serviette über den Mund. Stand auf und rannte ins Bad. Sie fing an, sich zu übergeben. Ich schrie ihr von der Küche aus zu:

»WAS HAST DU DENN GEGEN ARSCHLÖCHER, BABY? DU HAST EIN ARSCHLOCH, ICH HAB EIN ARSCHLOCH! DU GEHST IN DEN LADEN UND KAUFST EIN ZARTES STEAK, DAS AUCH MAL EIN ARSCHLOCH HATTE! ARSCHLÖCHER BEDECKEN DIE GANZE ERDE! IN GEWISSEM SINN HABEN AUCH BÄUME ARSCHLÖCHER, MAN KANN SIE NUR NICHT FINDEN: SIE LASSEN NUR IHRE BLÄTTER FALLEN. DEIN ARSCHLOCH, MEIN ARSCHLOCH, DIE WELT IST VOLL VON MILLIONEN UND ABERMILLIONEN VON ARSCHLÖCHERN. DER PRÄSIDENT HAT EIN ARSCHLOCH, DER SCHUHPUTZJUNGE HAT EIN ARSCHLOCH, DER RICHTER UND DER MÖRDER HABEN ARSCHLÖCHER ... SELBST DIE ROTE KRAWATTENNADEL HAT EIN ARSCHLOCH!«

»Oh, hör auf damit! HÖR ENDLICH AUF!«

Sie würgte wieder. Kleinstadt. Ich machte die Flasche Saki auf und nahm einen Schluck.

24

Es war etwa eine Woche danach, gegen sieben Uhr morgens. Ich hatte einen weiteren freien Tag erwischt, und nach einer Doppelnummer lag ich jetzt an Joyces Arsch, an ihrem Arschloch, und schlief, schlief fest. Und dann klingelte es, und ich stand auf und ging zur Tür.

Da stand ein kleiner Mann mit Krawatte. Er drückte mir Papiere in die Hand und lief davon.

Es war eine gerichtliche Vorladung, in Sachen Scheidung. Und ich sah meine Millionen entschwinden. Aber ich war nicht böse, denn ich hatte ihre Millionen ohnehin nie eingeplant.

Ich weckte Joyce.

»Was ist denn?«

»Hättest du mich nicht zu einer anständigeren Tageszeit wecken lassen können?«

Ich zeigte ihr die Papiere.

»Es tut mir leid, Hank.«

»Ist schon gut. Du hättest mir's wirklich nur zu sagen brauchen. Ich hätte zugestimmt. Wir haben nur eben noch zweimal gebumst und gelacht und unseren Spaß gehabt. Ich versteh das nicht. Und du hast die ganze Zeit davon gewußt. Und wenn ich hundert Jahre alt werde, versteh ich die Weiber nicht.«

»Weißt du, ich hab den Antrag gestellt, nachdem wir uns neulich gestritten hatten. Ich dachte mir, wenn ich warte, bis wir uns wieder vertragen, tu ich's nie.«

»Okay, Kleines. Ich bewundere eine ehrliche Frau. Ist es die Rote Krawattennadel?«

»Es ist die Rote Krawattennadel«, sagte sie.

Ich lachte. Es war ein ziemlich trauriges Lachen, das geb ich zu. Aber ich brachte es heraus.

»Ich weiß, es ist leicht, zu kritisieren, aber du wirst mit ihm Ärger bekommen. Ich wünsch dir Glück, Kleines. Du weißt, du hast eine Menge, das ich geliebt habe, und das war nicht ausschließlich dein Geld.«

Sie fing an, ins Kopfkissen zu heulen, sie lag auf dem Bauch und bebte am ganzen Leib. Sie war nichts weiter als ein Kleinstadtmädchen, verwöhnt und durcheinander. Da lag sie und hatte Weinkrämpfe, und das war kein Theater. Es war furchtbar.

Die Decke war weggerutscht, und ich starrte auf ihren weißen Rücken, die Schulterblätter standen vor, als wollten sie zu Flügeln auswachsen, als wollten sie die Haut durchbohren. Kleine Schulterblätter. Sie war hilflos.

Ich stieg ins Bett, streichelte ihr den Rücken, streichelte sie, beruhigte sie – und dann brach sie wieder zusammen:

»O Hank, ich liebe dich, ich liebe dich, es tut mir so leid, es tut mir so leid leid so leid!«

Sie litt wirklich Folterqualen.

Nach einer Weile kam es mir so vor, als sei ich es, der sich von *ihr* scheiden ließ.

Dann vögelten wir noch einmal wie in alten Zeiten.

Sie bekam die Wohnung, den Hund, die Fliegen, die Geranien.

Sie half mir sogar beim Packen. Legte meine Hosen

sauber zusammengefaltet in den Koffer. Packte die Unterhosen und den Rasierapparat. Als ich zum Weggehen bereit war, fing sie wieder an zu weinen. Ich biß sie ins Ohr, ins rechte, und ging dann mit meinem Zeug die Treppen hinunter. Ich stieg ins Auto und begann langsam die Straßen auf- und abzufahren und hielt nach einem Schild Ausschau mit der Aufschrift »Zimmer frei«.

Es schien mir keineswegs eine ungewöhnliche Tätigkeit.

DREI

1

Ich wehrte mich nicht gegen die Scheidung, ging nicht vor Gericht. Joyce gab mir das alte Auto. Sie hatte keinen Führerschein. Ich hatte nur drei oder vier Millionen verloren. Aber ich hatte ja immer noch das Postamt.

Auf der Straße traf ich Betty.

»Ich hab dich neulich mal mit diesem Weibstück gesehen. Das ist nicht deine Sorte Frau.«

»Das sind sie alle nicht.«

Ich erzählte ihr, daß wir uns getrennt hatten. Wir tranken zusammen ein Bier. Betty war alt geworden, und zwar schnell. Sie war schwerer. Falten zeigten sich überall. Das Fleisch hing lose an ihrem Hals. Es war traurig. Aber ich war auch alt geworden.

Betty hatte ihren Job verloren. Der Hund war unter ein Auto gekommen und gestorben. Sie bekam eine Stelle als Kellnerin und verlor sie wieder, als sie die Kneipe abbrachen, um ein Bürogebäude zu errichten. Jetzt wohnte sie in einem kleinen Zimmer in einem trostlosen Hotel. Sie überzog die Betten und putzte die Toiletten. Sie trank Wein in großen Mengen. Sie meinte, wir könnten doch wieder zusammenleben. Ich meinte, wir könnten damit noch ein bißchen warten. Ich erholte mich eben erst von dem letzten Reinfall.

Sie ging zu ihrem Zimmer zurück und zog ihr bestes Kleid an, hohe Absätze, versuchte sich herauszuputzen. Aber es hatte alles etwas furchtbar Trauriges an sich.

Wir besorgten eine Flasche Whisky und etwas Bier, gingen in meine Wohnung im vierten Stock eines alten Mietshauses. Ich ging zum Telefon und meldete mich krank. Ich setzte mich Betty gegenüber. Sie schlug die Beine übereinander, schien verlegen und lachte ein bißchen. Es war wie in alten Zeiten. Beinahe. Irgendwas fehlte.

Damals schickte das Postamt, wenn man sich krank meldete, eine Krankenschwester los, die Stichproben machen sollte, um sich zu vergewissern, daß man sich nicht in Nachtklubs herumtrieb oder beim Poker saß. Meine Wohnung lag in der Nähe des Hauptpostamtes, so daß sie mich bequem überprüfen konnten. Betty und ich waren vielleicht zwei Stunden beisammen, als es an die Tür klopfte.

»Was ist das?«

»Ganz ruhig«, flüsterte ich, »kein Wort! Zieh diese Schuhe aus, geh in die Küche und mach keinen Muckser.«

»AUGENBLICK BITTE!« antwortete ich der Person an der Tür.

Ich zündete mir eine Zigarette an, um die Alkoholfahne zu vertuschen, ging dann zur Tür und öffnete sie einen Spalt weit. Es war die Krankenschwester. Die gleiche wie immer. Sie kannte mich.

»Was fehlt Ihnen denn diesmal?« fragte sie.

Ich blies ihr eine Wolke Rauch entgegen.

»Magenverstimmung.«

»Sind Sie sicher?«

»Es ist mein Magen.«

»Würden Sie bitte dieses Formular unterschreiben, auf dem steht, daß ich hier gewesen bin und daß Sie zu Hause waren?«

»Sicher.«

Die Krankenschwester schob den Zettel durch den Türspalt. Ich unterschrieb. Schob ihn zurück.

»Werden Sie morgen wieder arbeiten?«

»Das kann ich jetzt beim besten Willen noch nicht sagen. Wenn ich mich wohl fühle, komm ich. Wenn nicht, bleib ich hier.«

Sie blickte mich mißbilligend an und ging. Ich wußte, daß sie meine Whiskyfahne gerochen hatte. Beweis genug? Wahrscheinlich nicht, zuviel Papierkrieg, oder vielleicht lachte sie sich ins Fäustchen, während sie mit ihrer kleinen schwarzen Tasche in ihr Auto stieg.

»Alles klar«, sagte ich, »zieh deine Schuhe wieder an und komm heraus.«

»Wer war es denn?«

»Eine Krankenschwester von der Post.«

»Ist sie weg?«

»Mhmm.«

»Machen die das immer?«

»Mich haben sie jedenfalls noch nie vergessen. Und jetzt wollen wir das mit einem kräftigen Schluck feiern!«

Ich ging in die Küche und füllte zwei große Gläser. Ich kam heraus und gab Betty ihren Drink.

»Salud!« sagte ich.

Wir hoben unsere Gläser und stießen an.

Und da ging der *Wecker* los, und es war ein lauter Wecker.

Ich fuhr zusammen, als sei ich in den Rücken geschossen worden. Betty ging senkrecht in die Luft, einen halben Meter. Ich lief zum Wecker hinüber und stellte ihn ab.

»Herr Gott«, sagte sie, »ich hätt fast in die Hosen geschissen!«

Wir fingen beide an zu lachen. Dann nahmen wir wieder Platz. Widmeten uns dem guten Drink.

»Ich hatte einen Freund, der für die Bezirksverwaltung arbeitete«, sagte sie. »Die schickten immer einen Inspektor los, aber nicht jedesmal, vielleicht jedes fünfte Mal. An einem Abend sitze ich also bei Harry und trinke, und da klopft es. Harry sitzt auf der Couch, voll angezogen. ›Oh Gott!‹ sagt er und springt mitsamt seinen Kleidern ins Bett und zieht die Decke hoch. Ich stell die Flaschen und Gläser unters Bett und mach die Tür auf. Dieser Typ kommt rein und setzt sich auf die Couch. Harry hat sogar Schuhe und Strümpfe an, aber er ist vollkommen zugedeckt. Der Typ sagt: ›Wie fühlen Sie sich denn, Harry?‹ Und Harry sagt: ›Nicht besonders gut. Sie ist hier, um mich zu pflegen.‹ Er zeigt dabei auf mich. Ich sitz da, besoffen. ›Nun, ich hoffe, Sie werden bald wieder gesund, Harry‹, sagt der Typ, und dann geht er. Ich bin sicher, er hat die Flaschen und Gläser unterm Bett gesehen, und ich bin sicher, er hat gewußt, daß Harrys Füße nicht *so* groß waren. Ich saß wirklich auf Kohlen.«

»Scheißspiel, die können einen nicht in Ruhe lassen, was? Dauernd soll man schuften.«

»Stimmt.«

Wir tranken noch eine Weile weiter, und dann gingen wir ins Bett, aber es war nicht mehr so wie früher, es ist nie so wie früher – etwas stand zwischen uns, allerhand war geschehen. Ich sah ihr nach, als sie ins Bad ging, sah die Runzeln und Falten unter ihren Arschbacken. Armes Ding. Armes, armes Ding. Joyce war fest und hart gewesen – man griff sich eine Handvoll, und es fühlte sich gut an. Betty fühlte sich nicht so gut an. Es war traurig, es war traurig, es war traurig. Als Betty zurückkam, sangen wir nicht, wir lachten auch nicht, wir stritten uns nicht mal. Wir saßen im Dunkeln und tranken und rauchten Zigaretten, und als wir schlafen gingen, legte ich ihr nicht meine Füße an den Körper, und sie die ihren nicht an meinen Körper, wie wir das früher immer getan hatten. Wir schliefen, ohne uns zu berühren.

Wir waren beide beraubt worden.

2

Ich rief Joyce an.

»Wie läuft die Sache mit der Roten Krawattennadel?«

»Ich versteh es einfach nicht«, sagte sie.

»Was hat er gemacht, als du ihm erzählt hast, daß du dich hast scheiden lassen?«

»Wir saßen einander in der Kantine gegenüber, als ich es ihm erzählte.«

»Und was war?«

»Er ließ seine Gabel fallen. Er brachte den Mund nicht mehr zu. Er sagte: ›Was?‹«

»Dann wußte er ja, daß es dir ernst war.«

»Ich versteh es einfach nicht. Er geht mir seither aus dem Weg. Wenn ich ihn auf dem Flur sehe, rennt er davon. Er sitzt mir beim Essen nicht mehr gegenüber. Er scheint... na ja, fast... kalt.«

»Baby, es gibt andere Männer. Vergiß diesen Kerl. Nimm Kurs auf einen neuen.«

»Es ist nicht leicht, ihn zu vergessen. So wie er war.«

»Weiß er, daß du Geld hast?«

»Nein, ich hab ihm nie davon erzählt, er weiß nichts.«

»Nun ja, wenn du ihn willst...«

»Nein, nein! Auf die Weise will ich ihn nicht!«

»Na, dann: leb wohl, Joyce.«

»Leb wohl, Hank.«

Nicht lange danach bekam ich einen Brief von ihr. Sie war wieder in Texas. Oma war sehr krank, sie würde nicht mehr lange leben. Die Leute fragten nach mir. So weiter. Herzliche Grüße, Joyce.

Ich legte den Brief weg, und ich konnte mir den Zwerg gut vorstellen, wie er sich wunderte, welchen Fehler ich wohl gemacht haben könnte. Das kleine Kerlchen hatte mich für einen so klugen Gauner gehalten. Es tat weh, ihn so zu enttäuschen.

3

Dann wurde ich ins Personalbüro im alten Gebäude der Bundesvertretung bestellt. Sie ließen mich die üblichen 45 Minuten oder eineinhalb Stunden warten.

Dann. »Mr. Chinaski?« sagte diese Stimme.

»Ja«, sagte ich.

»Kommen Sie rein.«

Der Mann ging mit mir zu einem Schreibtisch. Da saß eine Frau. Sie sah ein wenig sexy aus, ging wohl auf 38 oder 39 zu, doch sie sah aus, als sei ihr sexueller Ehrgeiz durch andere Dinge verdrängt oder ganz ignoriert worden.

»Nehmen Sie Platz, Mr. Chinaski.«

Ich nahm Platz.

Baby, dachte ich, dich könnte ich wirklich vernaschen.

»Mr. Chinaski«, sagte sie, »wir haben uns Gedanken gemacht, ob Sie das Bewerbungsformular wahrheitsgemäß ausgefüllt haben.«

»Wie?«

»Es dreht sich um Ihr Strafregister.«

Sie gab mir die Liste. In ihren Augen war nicht die Spur von Sex.

Ich hatte acht oder zehn Fälle aufgeführt, wo ich zur Ausnüchterung eingesperrt worden war. Es war nur eine Schätzung. Ich hatte keine Ahnung, wann das im einzelnen gewesen war.

»Nun, haben Sie hier *alles* aufgeschrieben?« fragte sie mich.

»Hmmm, hmmm, lassen Sie mich mal nachdenken...«

Ich wußte, was sie wollte. Sie wollte, daß ich »ja« sagte, und dann hatte sie mich.

»Warten Sie mal... Hmmm. Hmmm.«

»Ja?« sagte sie.

»Aha! Ach du lieber Gott!«

»Was denn?«

»Es war entweder Trunkenheit im Auto oder Trunkenheit am Steuer. Etwa vor vier Jahren oder so. Genau weiß ich das nicht mehr.«

»Und das war Ihnen einfach entfallen?«

»Ja, genau, ich wollte es natürlich aufschreiben.«

»Na gut. Schreiben Sie's auf.«

Ich schrieb es auf die Liste.

»Mr. Chinaski. Das ist eine schreckliche Liste. Ich möchte, daß Sie mir die einzelnen Punkte erklären und für Ihre derzeitige Beschäftigung bei uns eine Rechtfertigung vorbringen.«

»In Ordnung.«

»Sie haben dazu zehn Tage Zeit.«

So viel lag mir an dem Job nun auch wieder nicht. Doch sie irritierte mich.

Ich rief an dem Abend an und meldete mich krank, nachdem ich eine Portion liniertes, durchnumeriertes Papier gekauft hatte. Ich besorgte außerdem eine Flasche Whisky und einen blauen sehr amtlich aussehenden Aktendeckel und eine Sechserpackung Bier und setzte mich dann an die Schreibmaschine und fing an zu tippen. Ich hatte das Wörterbuch griffbereit. Von Zeit zu Zeit blätterte ich darin, fand ein langes unverständliches Wort und baute darauf einen Satz oder einen ganzen Abschnitt auf. Es wurden 42 Seiten. Zum Schluß schrieb ich: »Abschriften dieser Erklärung für Presse, Fernsehen und andere Massenmedien werden zurückbehalten.«

Ich hatte einen ausgewachsenen Furz im Hirn.

Sie stand von ihrem Schreibtisch auf und nahm es persönlich in Empfang. »Mr. Chinaski?«

»Ja?«

Es war neun Uhr vormittags. Einen Tag nach ihrer Aufforderung, zu den Vorwürfen Stellung zu nehmen.

»Einen Augenblick, bitte.«

Sie nahm die 42 Seiten zurück zu ihrem Schreibtisch. Sie las und las und las. Ein anderer Typ stand hinter ihr und schaute ihr über die Schulter. Dann waren es zwei, drei, vier, fünf. Alle lasen. Sechs, sieben, acht, neun. Alle lasen.

Was zum Teufel, dachte ich.

Dann hörte ich eine Stimme aus der Menge: »Nun ja, alle Genies sind Säufer!« Als ob damit alles erklärt sei. Wieder einmal zu viele Filme.

Sie stand auf, die 42 Seiten in der Hand.

»Mr. Chinaski?«

»Ja?«

»Wir werden uns mit Ihrem Fall noch befassen. Sie werden dann von uns hören.«

»Und bis dahin zurück an die Arbeit?«

»Bis dahin zurück an die Arbeit.«

»Guten Morgen«, sagte ich.

4

Eines Abends wurde mir der Hocker neben Butchner zugewiesen. Er verteilte keine Post. Er saß einfach da. Und redete.

Ein junges Mädchen kam herein und setzte sich auf einen Hocker am Ende des Ganges. Ich hörte Butchner. »Blöde Votze! Du willst doch bloß meinen Schwanz in deiner Möse, stimmt's? Das willst du doch, du blöde Votze, gib's doch zu!«

Ich steckte weiter meine Post in die Fächer. Der Kapo ging vorbei. Butchner sagte: »Du stehst auch auf meiner Liste, du Arschficker! Dich krieg ich schon noch, du dreckiger Arschficker! Du verkommenes Schwein! Schwanzlutscher!«

Die Aufseher kümmerten sich nicht um Butchner. Niemand kümmerte sich je um Butchner.

Dann hörte ich ihn schon wieder. »Na schön, Baby! Dieser Ausdruck auf deinem Gesicht gefällt mir gar nicht! Du stehst auf meiner Liste, Arschficker! Und zwar ganz oben! Du bist dran! He, ich rede mit dir! Hörst du nicht gut?«

Es war zuviel. Ich warf meine Post hin.

»Na gut«, sagte ich zu ihm, »ich nehm dich beim Wort! Mal sehen, was hinter der großen Klappe steckt! Sollen wir's hier abmachen oder rausgehn?«

Ich blickte Butchner an. Er unterhielt sich mit der Decke, völlig verrückt.

»Ich hab dir ja gesagt, du stehst oben auf meiner Liste! Ich krieg dich schon, und zwar richtig!«

Ach du lieber Gott, dachte ich, wie konnte ich dem bloß auf den Leim gehen! Die anderen waren mäuschenstill. Ich konnte ihnen das nicht übelnehmen. Ich stand auf, um draußen einen Schluck Wasser zu trinken. Kam gleich wieder zurück. Zwanzig Minuten später ging ich wieder raus, um meine zehnminütige Pause zu nehmen. Als ich zurückkam, wartete der Aufseher auf mich. Ein fetter Schwarzer, Anfang fünfzig. Er schrie mich an:

»CHINASKI!«

»Wo brennt's denn, Mann?« fragte ich.

»Sie haben innerhalb von dreißig Minuten zweimal Ihren Platz verlassen!«

»Klar, das erste Mal nur auf einen Schluck Wasser. Dreißig Sekunden. Und dann nahm ich meine reguläre Pause.«

»Und wenn Sie an einer Maschine stehen würden? Sie könnten doch nicht innerhalb von dreißig Minuten zweimal Ihre Maschine verlassen!«

Sein ganzes Gesicht funkelte vor Wut. Es war erstaunlich. Ich konnte es überhaupt nicht verstehen.

»DAFÜR KRIEGEN SIE EINE SCHRIFTLICHE VERWARNUNG!«

»Bitteschön«, sagte ich.

Ich ging hinunter und setzte mich neben Butchner. Der Aufseher kam mit der Verwarnung angerannt. Sie war von

Hand geschrieben. Ich konnte sie nicht mal lesen. Er hatte in seiner Wut nur Kleckse und schräge Linien zuwege gebracht.

Ich faltete die Verwarnung sauber zusammen und steckte sie in meine Gesäßtasche.

»Den Scheißkerl bring ich noch um!« sagte Butchner.

»Wenn du's nur tun würdest, Dicker«, sagte ich, »wenn du's nur tun würdest.«

5

Es waren zwölf Stunden pro Nacht, dazu die Aufseher und die »Kollegen« und die Tatsache, daß man in der Masse Fleisch kaum atmen konnte, und das abgestandene zerkochte Essen in der »zu Selbstkosten arbeitenden« Kantine.

Und das CP1. *City Primary* 1. Jene Postamtstabelle war gar nichts, verglichen mit dem *City Primary* 1. Es enthielt etwa ein Drittel aller Straßen in der Stadt, nach Nummern in Zustellbezirke aufgeteilt. Ich wohnte in einer der größten Städte der US. Mit einer Menge Straßen. Und dann kam das CP11. Und CP111. In neunzig Tagen mußte man die Prüfung bestanden haben, drei Versuche, mindestens 95 Prozent, hundert Karten in einem Glaskäfig, acht Minuten, und wenn man durchfiel, konnte man immer noch Präsident von General Motors werden, hatte der Mann gesagt. Für die, die es schafften, wurden die Tabellen etwas leichter, beim zweiten oder dritten Mal. Doch bei der Zwölfstundenschicht und den gestrichenen freien Tagen war es für die meisten zuviel. Schon jetzt waren aus der ursprünglichen Gruppe von 150 oder 200 nur noch 17 oder 18 von uns übriggeblieben.

»Wie soll ich jede Nacht zwölf Stunden arbeiten, schlafen, essen, baden, zur Arbeit und nach Hause fahren, die Wäsche abholen, tanken, die Miete bezahlen, Reifen wechseln, all die kleinen Dinge tun, die nun mal getan werden müssen, und dazu auch noch die Tabelle auswendig lernen?« fragte ich einen der Ausbilder im Schulungsraum.

»Verzichten Sie aufs Schlafen«, sagte er mir.

Ich schaute ihn an. Er machte keine Witze. Der blöde Hund meinte das ernst.

6

Ich fand heraus, daß die Zeit vor dem Einschlafen die einzige Zeit zum Lernen war. Ich war immer zu müde, Frühstück zu machen und zu essen, und so kaufte ich mir eine Sechserpackung Bier, die großen Dosen, stellte sie auf den Stuhl neben dem Bett, öffnete eine Dose, und nach einem kräftigen Schluck nahm ich mir dann die Tabelle vor. Beim dritten Bier etwa mußte ich die Tabelle aus der Hand legen. Es ging einfach nicht mehr. Dann trank ich das restliche Bier, aufrecht im Bett sitzend, und starrte dabei die Wände an. Mit der letzten Dose schlief ich dann ein. Und wenn ich aufwachte, blieb mir gerade noch Zeit, aufs Klo zu gehen, zu baden, zu essen und zur Arbeit zu fahren.

Und eine Anpassung war nicht möglich, man wurde einfach immer müder. Ich kaufte mir die Sechserpackung immer schon auf dem Weg zur Arbeit, und eines Morgens war ich wirklich restlos erledigt. Ich stieg die Treppen hoch (einen Aufzug gab's nicht) und steckte den Schlüssel ins Schloß. Die Tür ging auf. Irgend jemand hatte alle Möbel umgestellt, einen neuen Teppich gelegt. Nein, auch die Möbel waren neu.

Auf der Couch war eine Frau. Sie sah nicht schlecht aus. Jung. Gute Beine. Eine Blondine.

»Tag«, sagte ich, »wie wär's mit einem Bier?«

»Hallo!« sagte sie. »Ist gut, ich trink eins.«

»Die Wohnung sieht entschieden besser aus so«, sagte ich ihr.

»Ich hab alles selber gemacht.«

»Aber *wieso*?«

»Ich hatte gerade Lust dazu«, sagte sie.

Wir nahmen beide einen Schluck aus unserem Bier.

»Sie sind in Ordnung«, sagte ich. Ich stellte meine Bierdose hin und gab ihr einen Kuß. Ich legte ihr eine Hand aufs Knie. Es war ein hübsches Knie.

Dann nahm ich wieder einen Schluck aus meinem Bier.

»Jawohl«, sagte ich, »die Wohnung sieht so entschieden besser aus. Das macht mich direkt wieder munter.«

»Das ist aber schön. Meinem Mann gefällt sie auch.«

»Warum sollte denn Ihr Mann... Was? Ihr Mann? Moment mal, welche Nummer hat diese Wohnung?«

»309.«

»309? Du großer Gott! Ich bin auf dem falschen Stock! Ich wohne in 409. Mein Schlüssel hat in Ihr Schloß gepaßt.«

»Setz dich doch, Süßer«, sagte sie.

»Nein, nein...«

Ich hob die restlichen vier Bierdosen auf.

»Warum willst du denn gleich wieder davonlaufen?« fragte sie.

»Manche Ehemänner sind verrückt«, sagte ich und ging auf die Tür zu.

»Inwiefern denn?«

»Nun ja, manche Ehemänner lieben ihre Frauen.«

Sie lachte. »Vergiß meine Wohnungsnummer nicht.«

Ich machte hinter mir die Tür zu und ging noch eine Treppe höher. Dann schloß ich meine Tür auf. Es war niemand in der Wohnung. Die Möbel waren alt und heruntergekommen, der Teppich hatte fast keine Farbe mehr. Leere Bierdosen auf dem Fußboden. Ich war in der richtigen Wohnung.

Ich zog mich aus, stieg ins Bett, allein, und machte das nächste Bier auf.

7

Während ich auf dem Dorsey-Postamt arbeitete, hörte ich, wie einige der Veteranen Big Daddy Graystone damit aufzogen, daß er sich erst ein Tonbandgerät kaufen mußte, bevor er seine Tabellen lernen konnte. Big Daddy hatte die Nummern der Zustellbezirke auf Band gesprochen und das dann immer wieder abgehört. Big Daddy wurde aus ganz bestimmtem Grund Big Daddy genannt. Er hatte mit seinem Ding drei Frauen ins Krankenhaus gebracht. Und jetzt hatte er einen Jungen gefunden, einen Schwulen namens Carter. Und dem war es genauso ergangen. Carter war jetzt in einer Klinik in Boston. Der Witz kursierte, Carter habe nach Boston gehen müssen, weil es an der Westküste nicht genug Faden gab, um ihn nach seinem Erlebnis mit Big Daddy wieder zusammenzuflicken. So oder so, ich entschloß mich, es mit dem Tonband zu versuchen. Meine Sorgen waren vorbei. Ich konnte das Tonband laufenlassen, während ich schlief. Ich hatte irgendwo gelesen, daß man im Schlaf mit dem Unterbewußtsein lernen konnte. Das schien der bequemste Weg. Ich kaufte Tonbandgerät und Tonband.

Ich las die Tabelle auf Band, stieg mit meinem Bier ins Bett und hörte zu:

»ALSO DANN, HIGGINS GLIEDERT SICH IN 42 HUNTER, 67 MARKLEY, 71 HUDSON, 84 EVERGLADES! HÖR GUT ZU, CHINASKI, PITTSFIELD GLIEDERT SICH IN 21 ASHGROVE, 33 SIMMONS, 46 NEEDLES! HÖR GUT ZU, CHINASKI, WESTHAVEN GLIEDERT SICH IN 11 EVERGREEN, 24 MARKHAM, 55 WOODTREE! CHINASKI, ACHTUNG, CHINASKI, PARCHBLEAK GLIEDERT SICH ...«

Es funktionierte nicht. Meine Stimme schläferte mich ein.

Ich kam nicht über das dritte Bier hinaus.

Nach einiger Zeit gab ich den Versuch mit dem Tonband auf und lernte die Tabelle überhaupt nicht mehr.

Ich trank nur noch meine sechs großen Dosen Bier und schlief ein. Ich verstand es einfach nicht. Ich dachte sogar daran, zu einem Psychiater zu gehen. Ich stellte mir den Dialog im Geiste vor.

»Nun, mein Junge?«

»Na ja, die Sache ist die.«

»Reden Sie weiter. Brauchen Sie die Couch?«

»Nein, danke. Sonst schlafe ich ein.«

»Reden Sie bitte weiter.«

»Na ja, ich brauche meinen Job.«

»Das ist vernünftig.«

»Aber ich muß noch drei Tabellen lernen und jedesmal die Prüfung bestehen, damit ich diesen Job behalten kann.«

»Tabellen? Was sind denn das für Tabellen?«

»Das ist, wenn die Leute die Nummer des Zustellbezirks nicht auf den Brief schreiben. Wir müssen diese Briefe verteilen. Und deshalb müssen wir diese Tabellen lernen, und das nach zwölf Stunden Arbeit in jeder Nacht.«

»Und?«

»Ich kann die Tabelle nicht in die Hand nehmen. Wenn ich sie in die Hand nehme, rutscht sie mir aus den Fingern.«

»Sie können diese Tabellen nicht lernen?«

»Nein. Und ich muß in einem Glaskäfig hundert Karten verteilen, acht Minuten, mit mindestens 95 Richtigen, oder ich flieg raus. Und ich brauche den Job.«

»Warum können Sie diese Tabellen nicht lernen?«

»Deshalb bin ich ja hier. Um *Sie* zu fragen. Ich muß verrückt sein. Aber da sind all diese Straßen, und sie gliedern sich alle wieder anders. Hier, sehen Sie.«

Und dann würde ich ihm die sechsseitige Tabelle geben, oben zusammengeheftet, beidseitig mit kleinen Buchstaben bedruckt.

Er würde kurz durchblättern.

»Und man erwartet von Ihnen, daß Sie das lernen?«

»Ganz richtig, Herr Doktor.«

»Nun, mein Junge«, und er würde mir die Liste zurückgeben, »Sie sind nicht verrückt, nur weil Sie das nicht lernen wollen. Ich würde eher sagen, Sie wären verrückt, wenn Sie das tatsächlich lernen wollten. Dann bekomme ich also 25 Dollar von Ihnen.«

Deshalb analysierte ich mich selber und behielt das Geld.

Doch es mußte etwas geschehen.

Dann hatte ich es. Es war vormittags, zehn Minuten nach neun. Ich rief die Personalabteilung im Gebäude der Bundesvertretung an.

»Miß Graves. Ich möchte mit Miß Graves sprechen, bitte.«

»Hallo?«

Das war sie. Dieses Weib. Ich spielte mit mir, während ich mit ihr redete.

»Miß Graves. Hier ist Chinaski. Ich hatte Ihnen eine Antwort auf Ihre Vorwürfe wegen meiner vielen Strafzettel vorgelegt. Ich weiß nicht, ob Sie sich an mich erinnern.«

»O ja, wir erinnern uns an Sie, Mr. Chinaski.«

»Ist irgendeine Entscheidung gefällt worden?«

»Noch nicht. Wir melden uns dann bei Ihnen.«

»Na gut. Aber ich habe ein Problem.«

»Ja, Mr. Chinaski?«

»Ich lerne zur Zeit das CP1.« Ich machte eine Pause.

»Ja?« fragte sie.

»Ich finde es äußerst schwierig, ja nahezu unmöglich, diese Tabelle zu lernen, so viel Zeit darauf zu verwenden, wo doch möglicherweise alles umsonst sein wird. Ich meine, ich könnte ja jeden Augenblick aus den Diensten der Post entlassen werden. Es ist nicht fair, von mir unter diesen Bedingungen zu verlangen, daß ich die Tabelle lerne.«

»Schön, Mr. Chinaski. Ich werde den Schulungsraum benachrichtigen, daß Sie vom Lernen der Tabellen befreit sind, bis wir eine Entscheidung gefällt haben.«

»Vielen Dank, Miß Graves.«

»Guten Tag«, sagte sie und hängte auf.

Es war ein guter Tag. Und nachdem ich beim Telefonieren mit mir gespielt hatte, entschloß ich mich beinahe, zur Wohnung Nr. 309 hinunterzugehen. Doch ich wollte das Risiko nicht eingehen. Ich stellte Schinken mit Ei auf den Herd und feierte mit einer Extraflasche Bier.

8

Und dann waren wir nur noch sechs oder sieben. Das CP1 war für die anderen einfach zuviel.

»Wie kommst du mit deiner Tabelle zurecht, Chinaski?« fragten sie mich.

»Überhaupt kein Problem«, sagte ich.

»Okay, wie gliedert sich Woodburn Ave?«

»Woodburn?«

»Ja, Woodburn.«

»Hör mal, ich will von dem Zeug nichts wissen, während ich arbeite. Es langweilt mich. Alles zu seiner Zeit.«

9

An Weihnachten hatte ich Betty bei mir. Sie steckte einen Truthahn in den Backofen, und wir tranken. Betty hatte schon immer eine Vorliebe für riesige Weihnachtsbäume. Er muß über zwei Meter hoch gewesen sein, und etwa halb so breit, voller Lichter, elektrischer Kerzen, Lametta und ähnlichem Plunder. Wir tranken aus mehreren Flaschen Whisky, bumsten, aßen unseren Truthahn, tranken weiter. Der Nagel im Baumständer war locker, und der Ständer war für den Baum nicht groß genug. Ich stellte ihn immer wieder senkrecht hin. Betty streckte sich auf dem Bett aus, war weg. Ich saß in meinen Unterhosen auf dem Boden und trank. Dann streckte ich mich aus. Machte die Augen zu. Etwas weckte mich auf. Ich öffnete die Augen. Gerade noch rechtzeitig, um zu sehen, wie sich der riesige Baum mit seinen heißen Glühbirnchen in meine Richtung neigte und wie der spitzige Stern wie ein Schwert auf mich zukam. Ich wußte nicht recht, was los war. Es sah aus wie das Ende der Welt. Ich konnte mich nicht rühren. Die Arme des Baumes schlugen sich um mich. Ich lag darunter. Die Glühbirnen waren glühend heiß.

»OH GOTT OH GOTT OH GOTT, GNADE! HIMMEL HILF! OH GOTT OH GOTT OH GOTT! HILFE!«

Die Glühbirnen brannten mir auf der Haut. Ich wälzte mich nach links, kam nicht raus, dann wälzte ich mich nach rechts. »Auuu!«

Schließlich kroch ich unter dem Baum heraus. Betty war aufgestanden, stand daneben.

»Was ist passiert? Was ist denn los?«

»SIEHST DU DAS DENN NICHT? DIESER VERFLUCHTE BAUM WILL MICH UMBRINGEN!«

»Was?«

»JAWOHL! SIEH MICH DOCH AN!«

Ich hatte am ganzen Leib rote Flecken.

»Ach, du *armes* Baby!«

Ich ging hinüber und zog den Stecker raus. Die Lichter gingen aus. Das Ding war tot.

»Ach, mein armer Baum!«

»Dein armer Baum?«

»Ja, er war *so* hübsch!«

»Ich stell ihn morgen früh wieder auf. Im Augenblick trau ich ihm nicht. Er bekommt den Rest der Nacht frei.«

Das gefiel ihr gar nicht. Ich sah, daß es Streit geben würde, und so stellte ich das Ding hinter einem Stuhl wieder auf und machte die Kerzen wieder an. Hätte ihr das Ding die Titten oder den Arsch verbrannt, hätte sie es aus dem Fenster geworfen. Ich kam mir sehr gütig vor.

Einige Tage nach Weihnachten ging ich bei Betty vorbei. Sie saß in ihrem Zimmer, betrunken, vormittags, es war noch nicht mal neun Uhr. Sie sah nicht gut aus, aber ich eigentlich auch nicht. Es sah so aus, als habe ihr fast jeder Hausbewohner eine Flasche geschenkt. Da war Wein, Wodka, Whisky, Scotch. Die billigsten Sorten. Die Flaschen füllten das ganze Zimmer.

»Die verdammten Idioten! Wissen die denn überhaupt nichts? Wenn du das ganze Zeug hier trinkst, bist du tot!«

Betty blickte mich nur an. Ich erkannte alles in diesem Blick.

Sie hatte zwei Kinder, die sie nie besuchten, ihr nie schrieben. Sie war Putzfrau in einem billigen Hotel. Als ich sie kennenlernte, hatte sie teure Kleider und kleine Füße, die in teuren Schuhen steckten. Sie war ein strammes, fast schönes Mädchen gewesen. Mit wilden Augen. Lachend. Sie war von einem reichen Mann gekommen, hatte sich von ihm scheiden lassen, und er starb kurz danach bei einem Autounfall, betrunken, er verbrannte in Connecticut. »Die zähmst du nie«, sagten sie zu mir.

Und nun war sie so weit. Doch ich hatte Unterstützung gehabt.

»Hör zu«, sagte ich, »ich sollte dieses Zeug an mich nehmen. Ich meine, ich geb dir einfach von Zeit zu Zeit eine Flasche zurück. Ich trinke nichts davon.«

»Laß die Flaschen hier«, sagte Betty. Sie sah mich nicht an. Ihr Zimmer lag im obersten Geschoß, und sie saß in einem Stuhl am Fenster und beobachtete den morgendlichen Straßenverkehr.

Ich ging zu ihr hin. »Ich bin ganz fertig. Ich muß heim. Aber laß dir um Gottes willen Zeit mit dem Zeug!«

»Sicher«, sagte sie.

Ich beugte mich vor und küßte sie zum Abschied.

Nach vielleicht eineinhalb Wochen ging ich wieder bei ihr vorbei. Auf mein Klopfen kam keine Antwort.

»Betty! Betty! Ist alles in Ordnung?«

Ich drehte den Türgriff nach rechts. Die Tür war offen. Das Bett war aufgeschlagen. Auf dem Leintuch war ein großer Blutfleck.

»O Scheiße!« sagte ich. Ich sah mich um. Alle Flaschen waren verschwunden.

Dann drehte ich mich um. Da stand eine Französin in mittleren Jahren, der das Hotel gehörte. Sie stand an der Tür.

»Sie ist im Bezirkskrankenhaus. Sie war sehr krank. Ich habe gestern abend einen Krankenwagen bestellt.«

»Hat sie all das Zeug getrunken?«

»Nicht immer allein.«

Ich rannte die Treppe hinunter und stieg in mein Auto. Dann war ich dort. Ich kannte mich im Krankenhaus gut aus. Sie gaben mir ihre Zimmernummer.

In dem winzigen Raum standen drei oder vier Betten. Eine Frau saß in ihrem Bett und kaute einen Apfel und lachte mit zwei Besucherinnen. Ich zog den Vorhang um Bettys Bett zu, setzte mich auf den Stuhl und beugte mich über sie.

»Betty! Betty!«

Ich berührte sie am Arm.

»Betty!«

Ihre Augen öffneten sich. Sie waren wieder schön. Strahlend ruhig blau.

»Ich wußte, daß du es bist.«

Dann machte sie die Augen zu. Ihre Lippen waren ausgetrocknet. Gelber Speichel klebte am linken Mundwinkel.

Ich nahm einen Lappen und wusch es ab. Ich säuberte ihr Gesicht, Hände und Hals. Ich nahm einen anderen Lappen und drückte daraus etwas Wasser auf ihre Zunge. Dann nochmals ein wenig Wasser. Ich befeuchtete ihre Lippen. Ich strich ihr die Haare aus dem Gesicht. Ich hörte das Gelächter der Frauen auf der anderen Seite des Vorhangs.

»Betty, Betty, Betty. Bitte, ich möchte, daß du etwas Wasser trinkst, nur ein Schlückchen Wasser, nicht zuviel, nur ein Schlückchen.«

Sie reagierte nicht. Ich versuchte es zehn Minuten lang. Nichts.

Wieder bildete sich Speichel auf ihren Lippen, ich wischte es weg.

Dann stand ich auf und zog den Vorhang zurück. Ich starrte die drei Frauen an.

Ich ging aus dem Zimmer und wandte mich an die diensthabende Krankenschwester.

»Sagen Sie mal, warum kümmert sich niemand um die Frau in 45-c? Betty Williams?«

»Wir tun alles, was wir können.«

»Aber es ist niemand bei ihr.«

»Wir machen regelmäßig unseren Rundgang.«

»Wo sind aber die Ärzte? Ich seh keine Ärzte.«

»Der Arzt war bei ihr.«

»Warum lassen Sie sie einfach liegen?«

»Wir haben alles getan, was wir können.«

»DAS REICHT MIR ABER NICHT! Ich wette, wenn das der Präsident oder Gouverneur oder Bürgermeister oder irgendein reicher Scheißkerl wäre, würden eine ganze Menge Ärzte in dem Zimmer umherschwirren und *irgendwas* tun! Warum lassen Sie die Leute einfach sterben? Ist es denn eine Sünde, arm zu sein?«

»Ich habe Ihnen bereits gesagt, wir haben ALLES getan, was wir können.«

»In zwei Stunden komme ich wieder.«

»Sind Sie ihr Mann?«

»Wir haben mal wie verheiratet zusammengelebt.«

»Würden Sie uns Ihren Namen und Ihre Telefonnummer dalassen?«

Ich schrieb ihr das schnell auf und ging.

10

Die Beerdigung war auf halb elf angesetzt, aber es war jetzt schon heiß. Ich hatte einen billigen schwarzen Anzug an, den ich in aller Eile gekauft hatte. Es war seit Jahren mein erster neuer Anzug. Ich hatte den Sohn ausfindig gemacht. Wir waren unterwegs in seinem neuen Mercedes-Benz. Ich hatte ihn aufgrund eines Zettels mit der Adresse seines Schwiegervaters gefunden. Zwei Ferngespräche, und ich hatte ihn. Als er ankam, war seine Mutter tot. Sie starb, während ich die Ferngespräche führte. Der Junge, Larry, war mit der Gesellschaft nie zurechtgekommen. Er hatte die Angewohnheit, von Freunden Autos zu stehlen, doch dank den Freunden und dem Richter kam er irgendwie immer wieder davon. Dann holte ihn die Armee, und irgendwie schlüpfte er in ein Trainingsprogramm, und als er entlassen wurde, ergatterte er sich einen gutbezahlten Job. Dann hörte er auf, seine Mutter zu besuchen, als er den guten Job bekommen hatte.

»Wo ist Ihre Schwester?« fragte ich ihn.

»Ich weiß nicht.«

»Das ist ein feines Auto. Ich kann nicht mal den Motor hören.«

Larry lächelte. Das gefiel ihm.

Wir gingen nur zu dritt zur Beerdigung: Sohn, Liebhaber und die geistig zurückgebliebene Schwester der Hotelbesitzerin. Sie hieß Marcia. Marcia sagte nie etwas. Sie saß nur herum, mit diesem irren Lächeln auf den Lippen. Ihre Haut war so weiß wie Emaille. Sie hatte einen Wust toter gelber Haare und einen Hut, der nicht recht passen wollte. Marcia war von der Besitzerin als Stellvertreterin geschickt worden. Die Besitzerin mußte auf ihr Hotel aufpassen.

Ich hatte natürlich einen üblen Kater. Wir machten eine Kaffeepause.

Es hatte schon im voraus Schwierigkeiten mit der Beerdigung gegeben. Larry hatte sich mit dem katholischen Priester gestritten. Es gab gewisse Zweifel, ob Betty eine echte Katholikin war. Der Priester wollte die Zeremonie nicht abhalten. Schließlich einigte man sich auf eine halbe Zeremonie. Nun, eine halbe Zeremonie war besser als gar keine.

Selbst mit den Blumen hatten wir Schwierigkeiten. Ich hatte einen Kranz mit Rosen gekauft, verschiedene Arten von Rosen, die zu einem Kranz verflochten worden waren. Das Blumengeschäft arbeitete einen ganzen Nachmittag daran. Die Dame im Blumengeschäft hatte Betty gekannt. Sie hatten einige Jahre vorher häufig zusammen getrunken, als Betty und ich das Haus und den Hund hatten. Delsie, so hieß sie. Ich war immer auf Delsie scharf gewesen, schaffte es aber nie.

Delsie hatte mich angerufen. »Hank, was ist denn eigentlich mit diesen Heinis los?«

»Was für Heinis?«

»Mit diesen Typen in der Leichenhalle.«

»Was ist denn?«

»Nun, unser Junge sollte mit dem Lieferwagen deinen Kranz abliefern, und sie wollten ihn nicht reinlassen. Sie sagten, es sei geschlossen. Du weißt, es ist eine lange Fahrt da rauf.«

»Und dann, Delsie?«

»Schließlich durfte er dann den Kranz innen an die Tür lehnen, aber in den Kühlschrank ließen sie ihn nicht legen. Und so mußte ihn der Junge neben der Tür liegenlassen. Was zum Kuckuck ist bloß mit diesen Leuten?«

»Was weiß ich. Was zum Kuckuck ist mit den Leuten auf der ganzen Welt?«

»Ich kann nicht zur Beerdigung kommen. Bei dir alles in Ordnung, Hank?«

»Komm doch vorbei und tröste mich.«

»Ich müßte Paul mitbringen.«

Paul war ihr Mann.

»Vergessen wir's.«

Und jetzt waren wir also unterwegs zu einer halben Beerdigung.

Larry blickte von seinem Kaffee auf. »Wegen eines Grabsteins schreibe ich Ihnen dann später. Im Augenblick habe ich kein Geld mehr.«

»Schon gut«, sagte ich.

Larry bezahlte den Kaffee, dann gingen wir hinaus und stiegen wieder in den Mercedes-Benz.

»Augenblick mal«, sagte ich.

»Was ist?« fragte Larry.

»Ich glaube, wir haben etwas vergessen.«

Ich ging zurück in das Café.

»Marcia.«

Sie saß immer noch am Tisch.

»Wir gehen jetzt, Marcia.«

Sie stand auf und folgte mir zum Auto.

Der Priester las sein Zeug. Ich hörte nicht zu. Da war der Sarg. Was einmal Betty gewesen war, lag da drin. Es war sehr heiß. Die Sonne brannte gnadenlos. Eine Fliege irrte umher. Als die halbe Beerdigung etwa halb vorbei war, kamen zwei Typen in Arbeitskleidung mit meinem Kranz daher. Die Rosen waren tot, tot und in der Hitze sterbend, und sie lehnten das Ding an einen Baum in der Nähe. Gegen Ende der Zeremonie beugte sich mein Kranz vor und fiel hin. Niemand las ihn auf. Dann war es vorbei. Ich ging zum Priester hin und schüttelte ihm die Hand. »Danke.« Er lächelte. Damit lächelten immerhin zwei: der Priester und Marcia.

Auf dem Rückweg sagte Larry noch einmal:

»Ich schreibe Ihnen dann wegen eines Grabsteins.«

Ich warte heute noch auf diesen Brief.

11

Ich ging nach oben, zu 409, trank ein großes Glas Scotch mit Wasser, nahm etwas Geld aus der oberen Schublade, ging die Treppe wieder hinunter, stieg in mein Auto und fuhr zur Rennbahn. Ich war rechtzeitig zum ersten Rennen dort, wettete aber noch nicht, weil ich keine Zeit mehr hatte, die Tips zu lesen.

Ich ging auf einen Drink an die Bar, und ich sah diese hellhäutige Negerin in einem alten Regenmantel vorbeigehen. Sie war wirklich schäbig angezogen, aber da ich gerade in der Stimmung war, sagte ich ihren Namen eben laut genug, damit sie's im Vorbeigehen hören konnte:

»Vi, Baby.«

Sie blieb stehen und kam dann herüber.

»Tag, Hank, wie geht's?«

Ich kannte sie vom Hauptpostamt. Sie arbeitet auf einem anderen Postamt, beim Wasserwerk, aber sie schien freundlicher als die meisten anderen.

»Mir geht's dreckig. Die dritte Beerdigung in zwei Jahren. Erst meine Mutter, dann mein Vater. Heute eine alte Freundin.«

Sie bestellte etwas. Ich warf einen Blick auf die Tips.

»Sehn wir uns dieses zweite Rennen an.«

Sie kam herüber und lehnte sich mit Bein und Brust mächtig an mich. Unter dem Regenmantel verbarg sich allerhand. Ich halte mich immer an das namenlose Pferd, das den Favoriten schlagen kann. Wenn ich feststelle, daß niemand den Favoriten schlagen kann, setze ich auf den Favoriten.

Ich war nach den beiden anderen Beerdigungen zur Pferderennbahn gegangen und hatte gewonnen. Beerdigungen hatten es irgendwie in sich. Man sah danach alles klarer. Täglich eine Beerdigung, und ich wäre reich.

Die Nummer 6 hatte bei ihrem letzten Rennen, über eine Meile, um Nasenlänge gegen den Favoriten verloren. Die 6 hatte noch am Eingang der Zielgeraden zwei Längen vor dem Favoriten gelegen und war dann überholt worden. Die 6 war 35:1 gewettet worden. Der Favorit in dem Rennen 9:2. Und jetzt waren die beiden wieder in einem Rennen. Der Favorit hatte zwei Pfund zugelegt und hatte jetzt 118. Die 6 trug immer noch 116, aber sie hatten einen weniger beliebten Jockey gewählt, und außerdem ging es diesmal über 1 1/16 Meile. Die Menge sagte sich, da der Favorit die Nummer 6 schon beim Rennen über eine Meile eingeholt hatte, würde er das bei dem extra Sechzehntel mit Leichtigkeit schaffen. Das schien logisch. Aber Pferderennen verlaufen nicht logisch. Trainer lassen ihre Pferde unter anscheinend ungünstigen Bedingungen starten, um das große Feld von ihrem Pferd fernzuhalten. Die geänderte Länge des Rennens und die Verwendung eines weniger beliebten Jockeys ließen einen Galopp zu einem guten Preis erwarten. Ich schaute auf die Anzeigetafel. In der Vorschau war meine Nr. 6 mit 5:1 angesetzt, jetzt hieß es 7:1.

»Die Nummer 6 wird's«, sagte ich zu Vi.

»Nein, der steht nicht durch«, sagte sie.

»Sicher«, sagte ich und ging dann hinüber und setzte zehn Dollar auf den Sieg von Nummer 6.

Die 6 übernahm vom Start weg die Führung, berührte in der ersten Kurve fast das Geländer und hielt dann ohne gefordert zu werden auf der Gegengerade eine Führung von eineinviertel Längen. Das Feld folgte. Sie nahmen an, die 6 würde bis ausgangs der Kurve führen, dann plötzlich zum Spurt ansetzen, und auf der Zielgeraden würden sie sie dann überspurten. Das war der übliche Ablauf. Aber der Trainer hatte seinem Jungen andere Anweisungen gegeben. Im Scheitelpunkt der Kurve gab der Junge die Zügel frei, und das Pferd machte einen Satz. Bevor die anderen Jockeys ihre Pferde anspornen konnten, hatte die 6 einen Vorsprung von vier Längen. Am Eingang der Zielgeraden gab der Junge seinem Pferd eine kleine Verschnaufpause, schaute sich um und drückte dann wieder aufs Tempo. Noch lag ich gut im Rennen. Dann löste sich der Favorit, 9:5, aus dem Feld, und der Scheißkerl war schnell. Der Abstand wurde zusehends kleiner. Es sah so aus, als würde er ohne Widerstand an meinem Pferd vorbeigehen. Der Favorit hatte die Nummer 2. Nach der Hälfte der Geraden war die 2 noch eine halbe Länge hinter der 6, dann griff der Junge auf der 6 zur Peitsche. Der Junge auf dem Favoriten hatte *die ganze Zeit schon* mit der Peitsche gearbeitet. In diesem Abstand galoppierten sie dem Ziel entgegen, eine halbe

Länge auseinander, und daran änderte sich nichts mehr. Ich schaute zur Anzeigetafel. Mein Pferd war inzwischen 8:1.

Wir gingen zur Bar zurück.

»Das beste Pferd hat diesmal nicht gewonnen«, sagte Vi.

»Mich interessiert nicht, wer der Beste ist. Ich will nur die Nummer, die zuerst durchs Ziel geht. Bestell was.«

Wir bestellten.

»Na schön, Alleswisser. Dann wollen wir doch sehen, ob du nochmals gewinnst.«

»Ich sag dir doch, Baby, nach Beerdigungen bin ich nicht zu bremsen.«

Sie drückte wieder Bein und Brust an mich. Ich nahm einen kleinen Schluck Scotch und widmete mich der Vorschau. Drittes Rennen.

Ich überflog die Vorschau. Sie wollten das Publikum an dem Tag gewaltig verschaukeln. Eben hatte es einen Start-Ziel-Sieg gegeben, und im Moment hielt die Menge recht wenig von einem Spurter, der erst am Schluß stark wird. Die Menge kann nie weiter als bis zum letzten Rennen zurückdenken. Das geht zum Teil auf die 25-minütige Pause zwischen den Rennen zurück. Sie sind noch ganz beeindruckt von dem, was sich eben abgespielt hat.

Das dritte Rennen ging über sechs Achtelmeilen. Jetzt war der Tempomacher, das Pferd, das sofort an die Spitze geht, Favorit. Es hatte das letzte Rennen über sieben Achtelmeilen um Nasenlänge verloren, nachdem es die ganze Zielgerade noch geführt hatte und sich erst im allerletzten Augenblick geschlagen geben mußte. Die Nummer 8 war das Pferd mit dem Endspurt. Es war an dritter Stelle eingekommen, eineinhalb Längen hinter dem Favoriten, und es hatte auf der Geraden zwei Längen aufgeholt. Die Menge sagte sich, wenn die 8 den Favoriten auf sieben Achtelmeilen nicht eingeholt hatte, wie zum Teufel sollte er es dann auf der kürzeren Strecke schaffen? Die Menge ging immer bankrott nach Hause. Das Pferd, das die sieben Achtelmeilen gewonnen hatte, war heute nicht im Rennen.

»Diesmal wird's die Nummer 8«, sagte ich zu Vi.

»Die Strecke ist für ihn zu kurz. Mit einem Endspurt ist da nichts zu machen«, sagte Vi.

Die Nummer 8 wurde in der Vorschau mit 6:1 gewettet, inzwischen waren die Wetten auf 9:1 gestiegen.

Ich strich das Geld vom letzten Rennen ein und setzte dann zehn Dollar auf den Sieg von Nummer 8. Wenn man zuviel auf ein Pferd setzt, verliert es. Oder man bekommt plötzlich Angst und zieht sein Geld zurück. Zehn Dollar waren eine saubere, angenehme Sache.

Der Favorit sah gut aus. Er kam als erster vom Start weg, kam als erster nach innen und hatte im Nu zwei Längen Vorsprung. Die 8 lief weit außen, auf dem vorletzten Platz, und arbeitete sich langsam nach innen. Der Favorit sah auch noch am Eingang der Zielgeraden gut aus. Der Junge auf der Nummer 8 ging jetzt nach außen, er lag an fünfter Stelle, fing an die Peitsche einzusetzen. Dann wurde der Galopp des Favoriten kürzer. Er hatte die erste Viertelmeile in 22,8 Sekunden geschafft, doch nach der Hälfte der Zielgeraden hatte er immer noch zwei Längen Vorsprung. Dann flog die Nummer 8 richtiggehend vorbei und gewann mit zweieinhalb Längen. Ich blickte zur Anzeigetafel. Es war beim 9:1 geblieben.

Wir gingen zur Bar zurück. Vi drückte nun wirklich ihren Körper an mich.

Ich gewann drei der letzten fünf Rennen. Damals gab es nur acht Rennen am Tag, nicht neun. Aber acht Rennen waren ohnehin genug an diesem Tag. Ich kaufte mir ein paar Zigarren, und wir stiegen in mein Auto. Vi war mit dem Bus gekommen. Unterwegs kaufte ich noch eine Flasche Whisky, und dann gings in meine Wohnung.

12

Vi blickte sich um.

»Was macht ein Mann wie du in einer solchen Umgebung?«

»Das fragen mich alle Mädchen.«

»Das ist hier wirklich ein Dreckloch.«

»Es sorgt dafür, daß ich bescheiden bleibe.«

»Gehen wir zu mir.«

»Okay.«

Wir stiegen wieder in mein Auto, und sie sagte mir, wo sie wohnte. Wir kauften unterwegs ein paar große Steaks, Gemüse, Zutaten für einen Salat, Kartoffeln, Brot, noch mehr Zeug zum Trinken.

In der Eingangshalle ihres Mietshauses hing ein Schild:

LÄRM UND UNNÖTIGER KRACH JEGLICHER ART IST ZU VERMEIDEN. FERNSEHER SIND UM ZEHN UHR ABENDS ABZUSCHALTEN. DIE ARBEITENDE BEVÖLKERUNG BRAUCHT IHRE NACHTRUHE.

Es war ein großes Schild, mit roter Farbe gemalt.

»Das mit dem Fernsehen gefällt mir«, sagte ich ihr.

Wir fuhren im Aufzug nach oben. Sie hatte eine hübsche Wohnung. Ich trug die Lebensmittel in die Küche, fand zwei Gläser, schenkte ein.

»Pack das Zeug schon mal aus. Ich bin gleich so weit.«

Ich packte aus, legte alles auf den Spültisch. Hatte noch einen Drink. Vi kam zurück. Sie war angezogen. Ohrringe, hohe Absätze, kurzer Rock. Sie war in Ordnung. Untersetzt. Aber mit einem guten Arsch und Schenkeln, Brüsten. Bestimmt hart und ausdauernd im Bett.

»Schönen guten Tag«, sagte ich, »ich bin ein Freund von Vi. Sie wollte gleich wieder zurückkommen. Wie wär's mit einem Drink inzwischen?«

Sie lachte, dann packte ich diesen kräftigen Körper und gab ihr einen Kuß. Ihre Lippen waren kalt wie Diamanten, schmeckten aber gut.

»Ich hab Hunger«, sagte sie. »Laß mich was kochen!«

»Ich habe auch Hunger. Ich freß *dich* auf!«

Sie lachte. Ich gab ihr einen schnellen Kuß und packte dabei ihren Arsch. Dann ging ich mit meinem Drink in das vordere Zimmer, setzte mich, streckte meine Beine, seufzte.

Ich könnte hierbleiben, dachte ich, und auf der Rennbahn Geld machen, während sie in schlechteren Momenten für mich sorgt, meinen Körper mit Öl einreibt, für mich kocht, mit mir redet, mit mir ins Bett geht. Natürlich würde es immer mal Streit geben. Das liegt nun mal in der Natur der Frauen. Sie waschen gerne schmutzige Wäsche, schreien ein bißchen, mögen das Theatralische. Und dann feierliche Gelöbnisse. In diesem Punkt war ich allerdings nicht sehr gut.

Die Drinks begannen zu wirken. Im Geiste war ich bereits hier eingezogen.

Vi hatte alles unter Kontrolle. Sie kam mit ihrem Drink aus der Küche, setzte sich mir in den Schoß, küßte mich und hatte dabei ihre Zunge in meinem Mund. Mein Schwanz schnellte gegen ihr strammes Hinterteil. Ich griff mir eine Handvoll. Knetete.

»Ich möchte dir etwas zeigen«, sagte sie.

»Ich weiß, aber warten wir doch damit bis etwa eine Stunde nach dem Essen.«

»Oh, ich mein doch nicht *das*!«

Ich griff nach ihr und überließ ihr meine Zunge.

Vi stieg von meinem Schoß.

»Nein, ich will dir ein Bild meiner Tochter zeigen. Sie ist in Detroit bei meiner Mutter. Aber im Herbst kommt sie hierher, um in die Schule zu gehen.«

»Wie alt ist sie?«

»6.«

»Und der Vater?«

»Von Roy habe ich mich scheiden lassen. Der Scheißkerl hatte keinen Wert. Er dachte immer nur ans Trinken und an die Rennbahn.«

»Tatsächlich?«

Sie kam mit dem Bild zurück und legte es mir in die Hand. Ich versuchte etwas zu erkennen. Der Hintergrund war dunkel.

»Sag mal, Vi, sie ist richtig *schwarz*! Herr Gott, hättest du sie nicht vor einem helleren Hintergrund aufnehmen können?«

»Das kommt von ihrem Vater. Das Schwarze dominiert.«

»Mhm. Das sieht man deutlich.«

»Meine Mutter hat das Bild gemacht.«

»Ich bin sicher, du hast eine nette Tochter.«

»Ach ja, sie ist wirklich nett.«

Vi legte die Aufnahme wieder weg und ging in die Küche. Das ewige Foto! Frauen mit ihren Fotos. Es war immer dasselbe, immer und immer wieder. Vi stand in der Küchentür.

»Trink ja nicht so viel! Du weißt, was wir zu tun haben!«

»Keine Angst, Baby, ich heb schon was für dich auf. Doch vorher könntest du mir eigentlich noch einen Drink bringen! Ich hab einen harten Tag hinter mir. Halb Scotch, halb Wasser.«

»Hol dir deinen Drink selber, du Angeber.«

Ich schwenkte meinen Stuhl herum, stellte den Fernseher an.

»Wenn du nochmals einen guten Tag an der Rennbahn erleben willst, Alte, dann bring dem Angeber was zu trinken. Und zwar sofort.«

Vi hatte schließlich im letzten Rennen auf mein Pferd gesetzt. Es war mit 5:1 gewettet und hatte seit zwei Jahren kein ordentliches Rennen mehr gewonnen. Ich entschied mich nur deshalb dafür, weil es mit 5:1 gewettet wurde, wo es eigentlich 20:1 hätte sein sollen. Das Pferd hatte mit sechs Längen gewonnen, ohne sich voll auszugeben. Die hatten das Tierchen in Topform gebracht, vom Arschloch bis zu den Nüstern.

Ich blickte auf, und da war eine Hand mit einem Drink, von hinten über meine Schulter gereicht.

»Danke, Baby.«

»Bitte sehr, Meister«, lachte sie.

13

Im Bett brachte ich ihn zwar hoch, konnte aber damit nichts anfangen. Ich knüppelte und ich knüppelte und ich knüppelte. Vi war sehr geduldig. Ich mühte und plagte mich, aber ich hatte zuviel getrunken.

»Tut mir leid, Baby«, sagte ich. Dann wälzte ich mich herunter. Und schlief ein.

Dann weckte mich etwas auf. Es war Vi. Sie hatte mich nochmals zum Leben erweckt und saß rittlings auf mir.

»Go, Baby, go!« feuerte ich sie an.

Von Zeit zu Zeit drückte ich den Rücken durch. Sie blickte mit gierigen Augen auf mich herunter. Ich wurde von einer hellhäutigen Negerin und guten Fee vergewaltigt! Einen Augenblick lang erregte mich das.

Dann gab ich's auf: »Scheiße. Steig ab, Baby. Ich hab einen langen schweren Tag hinter mir. Es kommen auch wieder bessere Zeiten.«

Sie stieg herunter. Das Ding schrumpfte in Rekordzeit.

14

Am nächsten Morgen hörte ich sie umhergehen. Sie ging hin und her und hin und her.

Es war vielleicht halb elf. Ich fühlte mich hundeelend. Ich wollte ihr nicht gegenübertreten. Nur noch fünfzehn Minuten. Dann würde ich mich verdrücken.

Sie schüttelte mich. »Hörst du mich! Ich möchte, daß du hier verschwindest, bevor meine Freundin kommt!«

»Na und? Dann vögle ich die eben auch noch.«

»Sicher«, lachte sie, »sicher.«

Ich stand auf. Hustete, würgte. Stieg langsam in meine Kleider.

»Deinetwegen komme ich mir wie ein Versager vor«, sagte ich ihr. »Ich *kann* doch nicht so schlecht sein. *Etwas* Gutes *muß* doch an mir sein.«

Schließlich war ich angezogen. Ich ging ins Bad und schüttete mir etwas Wasser ins Gesicht, kämmte mich. Wenn ich nur dieses Gesicht kämmen könnte, dachte ich, aber das geht nicht.

Ich kam heraus.

»Vi.«

»Ja?«

»Laß dir keine grauen Haare wachsen. Es lag nicht an dir. Es war der Alkohol. Es ist mir schon öfter passiert.«

»Na schön, aber du solltest dann eben nicht so viel trinken. Keine Frau läßt sich gern von einer Flasche versetzen.«

»Du brauchst ja nicht immer auf Sieg zu setzen.«

»Ach, hör doch auf damit.«

»Hör mal, brauchst du Geld, Kleines?«

Ich griff in meine Brieftasche und holte einen Zwanziger heraus. Ich gab ihr den Schein.

»Herrjeh, du bist *wirklich* süß!«

Ihre Hand berührte mich an der Wange, und sie küßte mich sanft auf den Mundwinkel.

»Und fahr jetzt vorsichtig.«

»Aber sicher, Kleines.«

Ich fuhr vorsichtig, die ganze Strecke zur Rennbahn.

15

Sie brachten mich zum Büro des Personalrats in eines der hinteren Zimmer im ersten Geschoß.

»Lassen Sie sich mal ansehen, Chinaski.«

Er sah mich an.

»Au, au, Sie sehen übel aus. Am besten nehme ich gleich eine Pille.«

Und tatsächlich, er machte ein Fläschchen auf und nahm eine.

»Also gut, Mr. Chinaski, wir hätten gerne gewußt, wo Sie die letzten beiden Tage gewesen sind.«

»Ich hab getrauert.«

»Getrauert? Worüber getrauert?«

»Beerdigung. Alte Freundin. Einen Tag, bis die Leiche unter der Erde war. Einen Tag zum Trauern.«

»Aber Sie haben hier nicht angerufen, Mr. Chinaski.«

»Stimmt.«

»Und ich will Ihnen mal was sagen, Chinaski, und das bleibt unter uns.«

»Bitte.«

»Wenn Sie nicht anrufen, dann wissen Sie, was Sie damit sagen?«

»Nein.«

»Mr. Chinaski, damit sagen Sie: ›Ich scheiße auf die Post!‹«

»Tatsächlich?«

»Und, Mr. Chinaski, Sie wissen auch, was das heißt?«

»Nein, was heißt das denn?«

Er beugte sich über seinen Schreibtisch vor und kam ganz nahe: »Das heißt, Mr. Chinaski, daß die Post auf *Sie* scheißen wird!«

Dann lehnte er sich zurück und schaute mich an.

»Mr. Feathers«, sagte ich zu ihm, »Sie können mich mal.«

»Werden Sie jetzt nur nicht frech, Henry. Ich kann Ihnen das Leben hier zur Hölle machen.«

»Bitte nennen Sie mich bei meinem vollen Namen. Ein klein bißchen Respekt ist ja wohl nicht zuviel verlangt.«

»Sie wollen, daß ich Sie respektiere, aber...«

»So ist es. Wir wissen, wo Sie Ihren Wagen parken, Mr. Feathers.«

»Was? Soll das eine Drohung sein?«

»Die Schwarzen lieben mich hier, Feathers. Ich habe sie getäuscht.«

»Die Schwarzen lieben Sie?«

»Sie geben mir Wasser, wenn ich Durst habe. Ich ficke sogar ihre Weiber. Oder versuche es jedenfalls.«

»Schon gut, schon gut. Wir kommen vom Thema ab. Gehen Sie jetzt wieder an Ihre Arbeit zurück.«

Er gab mir eine Bescheinigung, daß ich bei ihm gewesen war. Er machte sich Sorgen, der arme Kerl. Ich hatte die Schwarzen nicht getäuscht. Ich hatte niemanden getäuscht, nur Feathers. Aber es war verständlich, daß er sich Sorgen machte. Einer der Inspektoren war die Treppe hinuntergestoßen worden. Einem anderen hatten sie ein Messer über den Arsch gezogen. Einem anderen den Bauch aufgeschlitzt, als er morgens um drei Uhr an einem Fußgängerüberweg darauf wartete, daß die Ampel grün wurde. Direkt vor dem Hauptpostamt. Wir sahen ihn nie wieder.

Feathers verließ, kurz nach meiner Unterhaltung mit ihm, das Hauptpostamt. Ich weiß nicht genau, wo er hinging. Jedenfalls war er nicht mehr im Hauptpostamt.

16

An einem Vormittag gegen zehn Uhr läutete das Telefon.

»Mr. Chinaski?«

Ich erkannte die Stimme und fing an mit mir zu spielen.

»Mhmm«, sagte ich.

Es war Miß Graves, dieses Weibsbild.

»Haben Sie geschlafen?«

»Ja, ja, Miß Graves, aber reden Sie weiter. Es macht nichts, es macht nichts.«

»Ihr Fall ist geklärt. Es wird keine weiteren Schwierigkeiten mehr geben.«

»Hmmm, hmmm.«

»Wir haben deshalb den Schulungsraum benachrichtigt.«

»Mmmhmmm.«

»Und genau heute in vierzehn Tagen ist Ihre Prüfung für das CP1.«

»Was? Augenblick mal...«

»Das wäre alles, Mr. Chinaski. Guten Tag.«

Sie legte auf.

17

Nun, ich nahm mir die Tabelle vor und bezog alles auf Sex und Alter. Ein Kerl wohnte mit drei Frauen in einem Haus. Er peitschte die eine aus (ihr Name war der Name der Straße und ihr Alter die Nummer des Bezirks); der zweiten machte er's französisch (dito), und die dritte vögelte er einfach auf die altmodische Art (dito). Dann gab es all diese Homos, und einer von ihnen (er hieß Manfred Avenue) war 33 Jahre alt ... usw. usw.

Ich bin sicher, sie hätten mich erst gar nicht in diesen Glaskasten gelassen, hätten sie gewußt, was ich mir beim Anblick all der Karten dachte. Sie sahen für mich alle wie alte Freunde aus.

Allerdings gerieten mir meine Orgien teilweise noch durcheinander. Beim ersten Mal schaffte ich 94 Prozent.

Als ich es zehn Tage später zum zweiten Mal versuchte, wußte ich, wer was mit wem trieb.

Ich schaffte 100 Prozent in fünf Minuten.

Und erhielt einen vorgedruckten Glückwunschbrief vom Postmeister der Stadt.

18

Bald danach bekam ich meine feste Anstellung, und das hieß nur noch acht Stunden pro Nacht, immerhin besser als zwölf, und außerdem bezahlte Feiertage. Von den ursprünglichen 150 oder 200 waren wir noch zu zweit.

Dann lernte ich David Janko bei der Arbeit kennen. Er war ein junger Weißer, Anfang zwanzig. Ich machte den Fehler, mit ihm zu reden, irgendwas über klassische Musik. In klassischer Musik wußte ich zufällig ein bißchen Bescheid, denn es war das einzige, was ich mir anhören konnte, wenn ich frühmorgens im Bett lag und Bier trank. Und wenn man jeden Morgen diese Musik hört, muß einfach etwas hängenbleiben. Und nach der Scheidung von Joyce hatte ich aus Versehen zwei Bände *Lebensgeschichten Klassischer und Moderner Komponisten* in einen meiner Koffer gepackt. Die meisten dieser Männer hatten ein so qualvolles Leben geführt, daß es mir Spaß machte, darüber zu lesen, und dabei sagte ich mir, nun, ich lebe auch in einer Hölle, und ich kann nicht mal Musik schreiben.

Doch ich hatte den Mund aufgemacht. Janko und einer der anderen stritten sich, und ich schlichtete den Streit, indem ich ihnen Beethovens Geburtsdatum gab, außerdem das Entstehungsdatum seiner dritten Sinfonie und einen allgemeinen (wenn auch wirren) Abriß der Kritikermeinung zu diesem Werk.

Das war zuviel für Janko. Er hielt mich sofort für einen gebildeten Mann. Auf dem Hocker neben mir fing er an, über das Elend, das tief in seiner verworrenen, geplagten Seele saß, zu klagen und zu lamentieren. Er hatte eine fürchterlich laute Stimme, und er wollte, daß alle ihn hörten. Ich steckte die Briefe in ihre Fächer, ich hörte und hörte und hörte ihm zu und dachte: was kann ich bloß dagegen tun? Wie kann ich diesen armen, irren Scheißkerl zum Schweigen bringen?

Jede Nacht ging ich mit Kopfschmerzen und halb krank nach Hause. Allein mit dem Klang seiner Stimme brachte er mich langsam um.

19

Ich fing um 6:18 Uhr abends an, Janko erst um 10:36 Uhr, es hätte also schlimmer sein können. Da ich um 10:06 Uhr eine halbe Stunde Pause zum Essen hatte, war ich normalerweise zurück auf meinem Platz, wenn er kam. Er steuerte immer den Hocker neben mir an. Janko hielt sich nicht nur für einen großen Geist, er sah sich auch als großer Liebhaber. Nach seiner Darstellung wurde er auf Korridoren von wunderschönen jungen Frauen angefallen, auf den Straßen von ihnen verfolgt. Sie ließen ihn einfach nicht in Ruhe, den armen Kerl. Aber ich erlebte es nie, daß er eine Frau am Arbeitsplatz ansprach, und ebensowenig wurde er von ihnen angesprochen.

Er kam herein: »HE, HANK! MANN, HAB ICH VIELLEICHT EINE FRAU AUFGERISSEN HEUTE!«

Er redete nicht, er schrie. Er schrie die ganze Nacht.

»HERR GOTT, SIE HAT MICH DIREKT AUFGEFRESSEN! UND JUNG WAR DIE! ABER MIT ERFAHRUNG, SAG ICH DIR!«

Ich zündete mir eine Zigarette an.

Dann mußte ich mir in allen Einzelheiten anhören, wie er sie kennengelernt hatte –

»ICH MUSSTE AUS DEM HAUS, UM EINEN LAIB BROT ZU KAUFEN, VERSTEHST DU?«

Und dann – bis ins letzte Detail – was sie sagte, was er sagte, was sie machten usw.

Damals trat ein Gesetz in Kraft, nach dem die Post den Aushilfskräften die Überstunden mit einem fünfzigprozentigen Zuschlag honorieren mußte. Daraufhin teilte die Post die Ständigen für Überstunden ein.

Acht oder zehn Minuten vor Schluß meiner regulären Arbeitszeit um 2:48 Uhr in der Nacht ertönte der Lautsprecher:

»Alles herhören, bitte! Alle ständigen Angestellten, die

um 18:18 Uhr angefangen haben, arbeiten heute eine Stunde länger!«

Janko lächelte, beugte sich vor und berieselte mich weiterhin mit seinem Gift.

Dann, acht Minuten vor Ablauf meiner neunten Stunde, ertönte erneut der Lautsprecher.

»Alles herhören, bitte! Alle ständigen Angestellten, die um 18:18 Uhr angefangen haben, arbeiten heute zwei Stunden länger!«

Dann, acht Minuten vor Ablauf meiner zehnten Stunde:

»Alles herhören, bitte! Alle ständigen Angestellten, die um 18:18 Uhr angefangen haben, arbeiten heute drei Stunden länger!«

Und inzwischen machte Janko nicht einmal Pause.

»ICH SASS GERADE IN DIESER KANTINE, VERSTEHST DU. ZWEI KLASSEWEIBER KAMEN REIN! SIE SETZTEN SICH LINKS UND RECHTS VON MIR HIN . . .«

Der Bursche machte mich fertig, aber ich wußte mir nicht zu helfen. Ich mußte an all meine anderen Jobs in der Vergangenheit denken. Ich hatte noch immer den Spinner erwischt. Sie mochten mich.

Dann drängte mir Janko seinen Roman auf. Er konnte nicht tippen und hatte das Ding von einem Büro tippen lassen. Es steckte in einer vornehmen schwarzen Lederhülle. Der Titel war sehr romantisch. »WÜRDE MICH INTERESSIEREN, WAS DU DAVON HÄLTST«, sagte er.

»Ach so«, sagte ich.

20

Ich nahm es mit nach Hause, machte das Bier auf, stieg ins Bett und fing an.

Der Anfang war gut. Er beschrieb, wie Janko in kleinen Zimmern gewohnt und Hunger gelitten hatte, während er versuchte, eine Stelle zu finden. Er hatte Schwierigkeiten mit den Arbeitsvermittlern. Und da war ein Typ, den er in einer Bar kennenlernte – er machte einen sehr gebildeten Eindruck –, doch sein Freund lieh sich dauernd Geld von ihm aus, das er nie zurückbezahlte.

Es war eine ehrliche Schilderung.

Vielleicht habe ich diesen Mann falsch eingeschätzt, dachte ich.

Ich hoffte für ihn, während ich weiterlas. Dann fiel der Roman auseinander. Sobald er anfing vom Postamt zu schreiben, verlor das Ding irgendwie an Realität.

Die Geschichte wurde immer schlimmer. Es hörte damit auf, daß er in der Oper war. Es war gerade Pause. Er hatte seinen Platz verlassen, um dem vulgären und blöden Mob zu entkommen. Na ja, da war ich auf seiner Seite. Dann, als er gerade um eine Säule herumging, geschah es. Es geschah sehr schnell. Er stieß mit diesem kultivierten, zierlichen, schönen Wesen zusammen. Rannte sie beinahe über den Haufen.

Dazu folgender Dialog:

›Oh, das *tut* mir aber leid!‹

›Das macht doch nichts...‹

›Ich wollte Sie doch nicht ... Sie wissen schon ... das tut mir aber leid ...!‹

›Oh, ich versichere Ihnen, es macht nichts!‹

›Aber ich wollte doch, ich hab Sie nicht gesehen ... ich wollte Sie doch nicht...‹

›Es macht nichts. Es macht wirklich nichts...‹

Der Dialog mit dem Zusammenstoß füllte eineinhalb Seiten.

Der arme Kerl war in der Tat verrückt.

Es stellte sich heraus, daß dieses Weibsstück, obwohl sie allein zwischen den Säulen umherwandelt, nun ja, sie ist in Wirklichkeit mit einem Arzt verheiratet, doch der Doktor verstand nichts von der Oper, ja er machte sich nicht mal was aus so einfachen Sachen wie Ravels *Bolero.* Oder de Fallas *Dreispitz.* Ich hielt es da mit dem Doktor.

Aus dem Aufeinandertreffen dieser zwei wahrhaft sensiblen Seelen entwickelte sich etwas. Sie trafen sich bei Konzerten und gingen anschließend zu einer kurzen Nummer ins Hotel. (Das wurde nur vage *angedeutet* und nicht offen ausgesagt, denn die beiden waren so sensibel, sie konnten nicht einfach *ficken.*)

Nun, es ging zu Ende. Die arme schöne Kreatur liebte

ihren Mann, und sie liebte den Helden (Janko). Sie wußte nicht mehr weiter, und so verübte sie natürlich Selbstmord. Sie ließ den Doktor und Janko allein zurück, jeder für sich in seinem Bad stehend.

Ich sagte zu ihm: »Der Anfang ist gut. Aber du mußt den Dialog nach dem Zusammenstoß hinter der Säule herausnehmen. Der ist unmöglich...

»NEIN!« sagte er. »NICHTS WIRD GEÄNDERT!«...

Die Monate verstrichen, und der Roman kam immer wieder.

»HIMMEL HERRGOTT!« sagte er, »ICH KANN DOCH NICHT NACH NEW YORK UND DEN VERLEGERN DIE HÄNDE SCHÜTTELN!«

»Hör mal, Kleiner, warum gibst du deinen Job hier nicht auf? Nimm dir ein kleines Zimmer und schreib. Feil daran.«

»EIN TYP WIE DU KANN DAS MACHEN«, sagte er, »WEIL DU AUSSIEHST WIE EIN SÄUFER. DICH STELLEN SIE ÜBERALL EIN, WEIL SIE SICH SAGEN, DER BEKOMMT SONST KEINE STELLE, DER BLEIBT BEI UNS. MICH STELLEN SIE NICHT EIN, WEIL SIE MICH ANSCHAUEN UND SEHEN, WIE INTELLIGENT ICH BIN, UND SIE SAGEN SICH, NUN, SO EIN INTELLIGENTER MANN WIE DER BLEIBT NICHT BEI UNS, WIR BRAUCHEN IHN ALSO GAR NICHT ERST EINZUSTELLEN.«

»Ich bleib dabei, nimm dir ein kleines Zimmer und schreib.«

»ICH BRAUCHE ABER EIN GEFÜHL DER SICHERHEIT!«

»Nur gut, daß einige Leute nicht so gedacht haben. Nur gut, daß Van Gogh nicht so gedacht hat.«

»VAN GOGHS BRUDER HAT IHM KOSTENLOS FARBE BESCHAFFT!« sagte der Junge zu mir.

VIER

1

Dann entwickelte ich ein neues System auf der Rennbahn. Obwohl ich nur zwei-, dreimal in der Woche hinging, kassierte ich in eineinhalb Monaten $ 3000. Ich fing an zu träumen. Ich sah ein kleines Haus unten am Meer. Ich sah mich in feinen Kleidern, ruhig und ausgeglichen, sah mich morgens aufstehen, in meinen Importwagen steigen und gemütlich die kurze Strecke zur Rennbahn fahren. Ich sah geruhsame Steak-Dinners, und vorher und nachher gute eisgekühlte Drinks aus farbigen Gläsern. Das dicke Trinkgeld. Die Zigarre. Und Frauen nach Wunsch. Man kommt leicht auf solche Gedanken, wenn einem der Mann am Schalter große Geldscheine zuschiebt. Wenn man in einem Dreiviertelmeilenrennen, also etwa in einer Minute und sechs Sekunden, ein Monatsgehalt verdient.

Und so stand ich im Büro des diensthabenden Inspektors. Er war auf der anderen Seite des Schreibtisches. Ich hatte eine Zigarre im Mund und roch nach Whisky. Ich roch Geld, und ich roch nach Geld.

»Mr. Winters«, sagte ich, »die Post hat mich gut behandelt. Aber es gibt da gewisse geschäftliche Dinge, die ich unbedingt erledigen muß. Wenn Sie mich nicht auf längere Zeit beurlauben können, muß ich in den Ruhestand treten.«

»Habe ich Ihnen nicht schon einmal in diesem Jahr Urlaub gegeben, Mr. Chinaski?«

»Nein, Mr. Winters, Sie haben damals mein Gesuch abgelehnt. Diesmal darf es keine Ablehnung geben. Sonst trete ich in den Ruhestand.

»Na schön, füllen Sie das Formular aus, dann unterschreibe ich. Ich kann Ihnen aber nur neunzig Arbeitstage freigeben.«

»Abgemacht«, sagte ich und blies den blauen Rauch meiner teuren Zigarre von mir.

2

Die Pferderennen fanden jetzt etwa hundertfünfzig Kilometer weiter unten an der Küste statt. Ich zahlte weiterhin die Miete für meine Wohnung in der Stadt, setzte mich in meinen Wagen und fuhr hinunter. Ein- oder zweimal in der Woche fuhr ich zu meiner Wohnung zurück, schaute nach der Post, schlief auch gelegentlich mal über Nacht und fuhr dann wieder hinunter.

Es war ein gutes Leben, und ich fing an zu gewinnen. Nach dem letzten Rennen am Abend genehmigte ich mir ein, zwei gemütliche Drinks an der Bar und gab dabei dem Barkeeper ein großzügiges Trinkgeld. Es schien ein ganz neues Leben. Ich konnte nicht mehr fehlgehen.

Eines Abends schaute ich nicht mal mehr dem letzten Rennen zu. Ich ging in die Bar.

Normalerweise setzte ich $ 50 auf Sieg. Wenn man das eine Weile gemacht hat, ist es genauso, als setze man $ 5 oder $ 10 auf Sieg.

»Scotch mit Wasser«, sagte ich zu dem Barkeeper. »Ich glaub, ich hör mir's diesmal nur über den Lautsprecher an.«

»Auf wen haben Sie denn gesetzt?«

»Blue Stocking«, sagte ich. »50 auf Sieg.«

»Der ist doch viel zu schwer.«

»Soll das ein Witz sein? Ein gutes Pferd kann in einem Sechstausend-Dollar-Claimer gut und gern 110 Pfund verkraften. Das heißt, bei den Bedingungen, daß das Pferd mehr geleistet hat als alle anderen in diesem Rennen.«

Das war natürlich nicht der Grund, weshalb ich auf ›Blue Stocking‹ gesetzt hatte. Ich verbreitete immer falsche Informationen. Ich legte keinen Wert auf Nachahmer.

Damals hatten sie noch keine geschlossene Fernsehübertragung auf dem Rennbahngelände. Man hörte einfach auf den Ansager. Ich hatte bis dahin $ 380 Gewinn. Ein Verlust im letzten Rennen würde mir immer noch einen Profit von $ 330 lassen. Ein guter Verdienst für einen Tag.

Wir horchten. Der Ansager erwähnte jedes Pferd im Rennen, nur nicht ›Blue Stocking‹.

Mein Pferd muß gestürzt sein, dachte ich.

Sie waren auf der Zielgeraden, näherten sich dem Ziel.

Diese Rennbahn war wegen ihrer kurzen Geraden berüchtigt.

Dann, im letzten Moment, bevor das Rennen zu Ende war, schrie der Ansager: »UND DA KOMMT STOCKING, GANZ AUSSEN! BLUE STOCKING KOMMT NÄHER! UND ES GEWINNT ... BLUE STOCKING!«

»Entschuldigen Sie mich einen Augenblick«, sagte ich zum Barkeeper, »ich bin gleich wieder da. Richten Sie mir inzwischen einen Scotch mit Wasser, einen doppelten.«

»Jawohl der Herr, selbstverständlich!« sagte er.

Ich ging hinaus zum Führring, wo sie einen kleinen Totalisator aufgestellt haben. ›Blue Stocking‹ hatte eine Quote von 9/2. Na ja, er brachte zwar nicht gerade 80 oder 100 für 10, aber schließlich kam es auf den Sieger und nicht auf die Totoquote an. Gegen den Gewinn von $ 250 und ein paar Zerquetschten hatte ich nichts einzuwenden. Ich ging zurück zur Bar.

»Wen haben Sie denn für morgen im Auge?« fragte der Barkeeper.

»Bis morgen vergeht noch viel Zeit«, sagte ich ihm.

Ich trank aus, gab ihm einen Dollar Trinkgeld und ging.

3

Die Abende verliefen alle etwa gleich. Ich fuhr die Küste entlang und suchte mir ein Lokal zum Abendessen. Ich wollte ein teures Restaurant, das nicht zu voll war. Ich hatte allmählich einen sechsten Sinn dafür. Ich brauchte sie nur von außen anzusehen und wußte Bescheid. Man bekam nicht immer einen Tisch mit direktem Blick zum Ozean, es sei denn, man war bereit zu warten. Doch man konnte immer den Ozean da draußen sehen, und den Mond, man konnte sich immer in eine romantische Stimmung versetzen lassen. Sich des Lebens freuen. Manchmal ging ich zuerst an die Bar und ließ mich benachrichtigen, wenn ein guter Tisch frei wurde. Ich bestellte immer eine kleine Salatplatte und ein großes Steak. Die Bedienungen mit ihrem köstlichen Lächeln kamen ganz dicht heran. Ich hatte es weit gebracht seit den Tagen, als ich in Schlächtereien arbeitete, als ich mit einer Gleisbaukolonne den Kontinent durchquerte, in einer Hundekuchenfabrik arbeitete, auf Parkbänken schlief, in einem Dutzend Städten im ganzen Land Gelegenheitsarbeiten verrichtete.

Nach dem Essen suchte ich mir ein Motel. Auch dazu ließ ich mir Zeit. Zuerst genehmigte ich mir irgendwo Whisky und Bier. Ich vermied Motels mit Fernsehen auf den Zimmern. Mir ging es um saubere Betten, eine heiße Dusche, Komfort. Es war ein fabelhaftes Leben. Und ich konnte nicht genug davon bekommen.

4

Eines Tages saß ich zwischen zwei Rennen an der Bar und sah diese Frau. Gott oder irgendwer erschafft dauernd Frauen und wirft sie hinaus auf die Straßen, und die eine hat einen zu dicken Arsch, die andere hat nicht genug Busen, und die hier ist irre, und jene dort ist verrückt, und die ist zu religiös, und die liest im Kaffeesatz, und die hat ihre Fürze nicht unter Kontrolle, und die hat eine lange Nase, und die hat zu dünne Beine...

Doch hin und wieder trifft man eine Frau, in voller Blüte, eine Frau, die aus allen Nähten platzt ... eine Sexbombe, einen Fluch, das Ende aller Dinge. Ich blickte auf, und da saß sie, am anderen Ende der Bar. Sie war ziemlich betrunken, und der Barkeeper wollte ihr nichts mehr geben, und sie fing an zu schimpfen, und sie riefen einen der Hauspolizisten herbei, und der Polyp packte sie am Arm und führte sie hinaus, und sie redeten miteinander.

Ich trank aus und folgte ihnen.

»Herr Wachtmeister! Herr Wachtmeister!«

Er blieb stehen und schaute mich an.

»Hat sich meine Frau etwas zuschulden kommen lassen?« fragte ich.

»Wir vermuten, daß sie zuviel getrunken hat. Ich wollte sie nur hinausbegleiten.«

»Hinaus auf die Rennbahn?«

Er lachte. »Nein, nein. Aus dem Stadion hinaus.«

»Überlassen Sie das jetzt mir, Herr Wachtmeister.«

»Aber bitte. Sehen Sie aber zu, daß sie nichts mehr trinkt.«

Ich gab ihm keine Antwort. Ich nahm sie am Arm und führte sie wieder zurück.

»Gott sei Dank, Sie haben mir das Leben gerettet«, sagte sie.

Ihre Hüfte stieß gegen mich.

»Ist schon gut. Ich heiße Hank.«

»Ich heiße Mary Lou«, sagte sie.

»Mary Lou«, sagte ich, »ich liebe Sie.«

Sie lachte.

»Übrigens, verstecken Sie sich vielleicht gern hinter Säulen in der Oper?«

»Ich verstecke mich nirgends«, sagte sie und drückte die Brüste nach vorne.

»Möchten Sie noch was trinken?«

»Klar, aber der gibt mir nichts mehr.«

»Es gibt hier mehr als nur eine Bar, Mary Lou. Gehen wir doch nach oben. Und verhalten Sie sich still. Bleiben Sie hier, und ich bringe Ihnen Ihren Drink. Was trinken Sie denn?«

»Alles«, sagte sie.

»Scotch mit Wasser okay?«

»Sicher.«

Wir tranken weiter bis zum letzten Rennen. Sie brachte mir Glück. Ich gewann zwei von den letzten drei.

»Sind Sie mit dem Auto gekommen?« fragte ich sie.

»Ich bin mit irgendeinem verdammten Idioten gekommen«, sagte sie. »Den können wir vergessen.«

»Wenn Sie's können, kann ich's auch«, sagte ich ihr.

Im Auto fielen wir übereinander her, und ihre Zunge schnellte immer wieder in meinen Mund, wie eine kleine Schlange, die sich verirrt hat. Wir lösten uns wieder, und ich fuhr die Küste hinunter. Ich hatte Glück an dem Abend. Ich bekam einen Tisch mit Blick über den Ozean, und wir bestellten Drinks und warteten auf die Steaks. Sie wurde vom ganzen Lokal gemustert. Ich beugte mich vor und zündete ihre Zigarette an und dachte mir dabei, da hab ich mir was ganz Besonderes aufgegabelt. Jeder im Lokal wußte, was ich dachte, und Mary Lou wußte, was ich dachte, und ich lächelte ihr über dem Streichholz zu.

»Der Ozean«, sagte ich, »sieh ihn dir nur an da draußen, wie er stampft, wie er ans Ufer kriecht und wieder zurückweicht. Und unter ihm all die Fische, die armen Fische, die sich bekämpfen und sich auffressen. Wir sind wie diese Fische, nur daß wir hier oben sind. Eine falsche Bewegung, und du bist erledigt. Es tut gut, überlegen zu sein. Es tut gut, oben zu schwimmen.«

Ich holte eine Zigarre heraus und zündete sie an.

»Noch'n Drink, Mary Lou?«

»Gut, Hank.«

5

Und dann dieses Hotel. Es erstreckte sich über das Meer, es war über das Meer hinausgebaut. Ein altes Gebäude, aber mit einer gewissen Vornehmheit. Wir bekamen ein Zimmer im Erdgeschoß. Man konnte die Brandung unter sich hören, man konnte die Wellen hören, man konnte den Ozean *riechen*, man konnte spüren, wie die Flut anrollte und zurückwich, anrollte und zurückwich.

Ich ließ mir Zeit mit ihr, während wir uns unterhielten und tranken. Dann ging ich hinüber und setzte mich zu ihr auf die Couch. Wir kamen langsam in Fahrt und lachten und redeten und hörten dem Ozean zu. Ich zog mich aus, sorgte aber dafür, daß sie ihre Kleider anbehielt. Dann trug ich sie zum Bett hinüber und kroch und krabbelte auf ihr herum und zog sie dabei nach und nach aus und dann war ich drin. Es war schwer reinzukommen. Doch schließlich gab sie nach.

So gut war es lange nicht mehr gewesen. Ich hörte das Wasser, ich hörte die Brandung. Es war, als komme es mir mit dem ganzen Ozean. Es schien gar nicht mehr aufzuhören. Dann rollte ich herunter.

»Ach du großer Gott«, sagte ich, »oh Gott im Himmel!«
Ich möchte bloß wissen, wieso in solchen Momenten Gott immer auftaucht.

6

Am nächsten Tag holten wir einige ihrer Sachen von ihrem Motel ab. Dort war dieser kleine finstere Typ mit einer Warze an der Seite seiner Nase. Er sah gefährlich aus.

»Gehst du mit dem da?« fragte er Mary Lou.

»Ja.«

»Bitte. Viel Glück.« Er zündete sich eine Zigarette an.

»Danke, Hektor.«

Hektor? Was war denn das für ein beschissener Name?

»Lust auf ein Bier?« fragte er mich.

»Warum nicht«, sagte ich.

Hektor saß auf dem Bett. Er ging in die Küche und holte drei Flaschen Bier. Es war gutes Bier, aus Deutschland importiert. Er öffnete Mary Lous Flasche und füllte ein Glas für sie. Dann fragte er mich:

»Ein Glas?«

»Nein, danke.«

Ich stand auf und tauschte die Flasche mit ihm.

Wir saßen schweigend da und tranken unser Bier.

Dann sagte er: »Sind Sie Manns genug, sie mir wegzunehmen?«

»Mann, das weiß ich doch nicht. Es liegt ganz bei ihr. Wenn sie bei Ihnen bleiben will, dann bleibt sie eben. Fragen Sie sie doch selber.«

»Mary Lou, bleibst du bei mir?«

»Nein«, sagte sie, »ich geh mit ihm.«

Sie zeigte auf mich. Ich kam mir wichtig vor. Ich hatte schon so viele Frauen an so viele Typen abgeben müssen, daß es richtig gut tat, wenn es mal anders herum lief. Ich zündete mir eine Zigarre an. Dann blickte ich mich nach einem Aschenbecher um. Ich sah einen auf dem Frisiertisch.

Zufällig schaute ich in den Spiegel, um zu sehen, wie sehr ich verkatert war, und da sah ich, wie er auf mich zukam, wie ein Pfeil auf die Zielscheibe. Ich hatte immer noch die Bierflasche in der Hand. Ich wirbelte herum und erwischte ihn voll im Mund. Sein ganzer Mund war voller eingeschlagener Zähne und Blut. Hektor ließ sich auf die Knie fallen und heulte und hielt sich den Mund mit beiden Händen. Ich sah das Stilett. Mit dem Fuß stieß ich das Stilett von ihm weg, hob es auf und betrachtete es. 22 cm. Ich drückte auf den Knopf, und die Klinge verschwand. Ich steckte mir das Ding in die Tasche.

Und während Hektor noch am Boden kniete und heulte, ging ich hin und trat ihm meinen Stiefel in den Arsch. Er kippte um und fiel flach auf den Boden und heulte weiter. Ich ging hinüber und nahm einen Schluck aus seiner Bierflasche.

Dann ging ich zu Mary Lou hinüber und schlug sie ins Gesicht. Sie kreischte.

»Miststück! Du hast mich in die Falle gelockt, stimmt's? Du wolltest mich von diesem Gorilla wegen der lumpigen vier- oder fünfhundert Dollar in meiner Brieftasche umbringen lassen!«

»Nein, nein!« sagte sie. Sie heulte. Sie heulten alle beide.

Ich schlug sie noch einmal.

»Ist das deine Masche, du Miststück? Für ein paar Hunderter legst du Männer aufs Kreuz!«

»Nein, nein! Ich LIEBE dich, Hank, ich LIEBE dich!«

Ich packte dieses blaue Kleid am Kragen und riß es an der Seite auf, bis zur Hüfte. Sie trug keinen BH. Das hatte das Weibsstück gar nicht nötig.

Ich ging aus dem Haus, stieg in mein Auto und fuhr zur Pferderennbahn. Zwei, drei Wochen lang warf ich dauernd einen Blick über die Schulter. Ich war nervös. Nichts passierte. Ich sah Mary Lou nie wieder auf der Rennbahn. Und Hektor auch nicht.

7

Irgendwie ging es danach mit meinen Gewinnen bergab, und kurz darauf zog ich mich von der Rennbahn zurück und saß in meiner Wohnung herum und wartete auf das Ende meines neunzigtägigen Urlaubs. Nach all dem Trinken und den Aufregungen war ich mit den Nerven am Ende. Es ist nichts Neues, wie Frauen über einen Mann herfallen. Man glaubt, man habe endlich eine Verschnaufpause, blickt sich um, und da steht bereits die nächste. Nur ein paar Tage, nachdem ich wieder mit der Arbeit angefangen hatte, tauchte tatsächlich die nächste auf. Fay. Fay hatte graue Haare und war immer schwarz angezogen. Sie sagte, sie demonstriere gegen den Krieg. Doch wenn Fay gegen den Krieg demonstrieren wollte, hatte ich durchaus nichts dagegen. Sie war eine Art Schriftstellerin und besuchte einige einschlägige Kurse. Sie machte sich ihre eigenen Vorstellungen zur Rettung der Welt. Wenn sie sie für mich retten wollte, hatte ich auch dagegen nichts einzuwenden. Sie hatte bis dahin von Unterhaltszahlungen eines früheren Mannes gelebt – sie hatten drei Kinder gehabt – und ihre Mutter schickte gelegentlich auch einen Scheck. Fay hatte in ihrem ganzen Leben nicht mehr als einen oder zwei Jobs gehabt.

Janko erzählte die gleiche Scheiße wie eh und je. Jeden Morgen schickte er mich mit fürchterlichen Kopfschmerzen nach Hause. Zu der Zeit bekam ich zahllose Strafzettel. Ich brauchte nur in den Rückspiegel zu schauen, so schien es, und schon tauchte ein Streifenwagen oder ein Polizeimotorrad auf.

Eines Nachts kam ich spät nach Hause. Ich war wirklich restlos erledigt. Ich mußte alle Kräfte zusammennehmen, um den Schlüssel aus der Tasche zu fischen und ins Schloß zu stecken. Ich ging ins Schlafzimmer, und da lag Fay im Bett und las den *New Yorker* und aß Pralinen. Sie begrüßte mich nicht mal.

Ich ging in die Küche und suchte nach etwas Eßbarem. Der Kühlschrank war leer. Ich wollte mir ein Glas Wasser holen. Ich schaute auf den Spültisch. Der Abfluß war mit Abfällen verstopft. Fay hob gern leere Gläser und die dazugehörigen Deckel auf. Das schmutzige Geschirr türmte sich im Spülbecken, und auf dem Wasser schwammen diese Gläser und Deckel und dazu einige Teller aus Pappdeckel.

Ich ging ins Schlafzimer zurück, wo sich Fay eben eine Praline in den Mund steckte.

»Hör mal, Fay«, sagte ich, »ich weiß, du willst die Welt retten. Aber könntest du nicht vielleicht in der Küche damit anfangen?«

»Küchen sind nicht wichtig«, sagte sie.

Es war schwierig, eine Frau mit grauen Haaren zu schlagen, und so ging ich statt dessen ins Bad und ließ die Badewanne vollaufen. Ein heißes Bad würde meinen Nerven vielleicht gut tun. Als die Wanne voll war, hatte ich Angst, mich hineinzusetzen. Mein geschundener Körper war inzwischen dermaßen steif geworden, daß ich fürchten mußte im Badewasser zu ertrinken.

Ich ging ins Wohnzimmer, und mit einiger Mühe gelang es mir, Hemd, Hosen, Schuhe und Strümpfe auszuziehen. Ich ging zurück ins Schlafzimmer und stieg zu Fay ins Bett. Ich fand einfach keine bequeme Stellung. Sobald ich mich bewegte, tat mir alles weh.

Die einzige Zeit, in der du allein bist, Chinaski, so dachte ich, ist auf der Fahrt zur Arbeit und von der Arbeit nach Hause.

Schließlich lag ich halbwegs bequem auf dem Bauch. Mir tat alles weh. Schon bald würde ich wieder zur Arbeit fahren müssen. Wenn ich wenigstens ein bißchen schlafen könnte, dann wäre mir schon geholfen. Von Zeit zu Zeit hörte ich, wie eine Seite umgeblättert wurde, wie eine Praline gegessen wurde. Es war einer ihrer Kursabende gewesen. Wenn sie bloß das Licht ausmachen würde.

»Wie war dein Kurs?« fragte ich, auf dem Bauch liegend.

»Ich mache mir Sorgen wegen Robby.«

»So?« fragte ich, »was ist denn mit ihm?«

Robby ging auf vierzig zu, und er hatte sein ganzes Leben lang bei seiner Mutter gewohnt. Er schrieb nichts anderes, so wurde mir erzählt, als schrecklick lustige Geschichten über die katholische Kirche. Robby rieb es den Katholiken richtig rein. Die Zeitschriften waren einfach noch nicht reif für Robby, obwohl eine kanadische Zeitung einmal etwas von ihm veröffentlicht hatte. An einem meiner freien

Abende hatte ich Robby einmal gesehen. Ich brachte Fay zu dieser Villa, wo sie sich gegenseitig ihr Zeug vorlasen. »Oh! Da ist Robby!« hatte Fay gesagt, »er schreibt schrecklich lustige Geschichten über die katholische Kirche!«

Sie hatte mit dem Finger auf ihn gezeigt. Robby stand mit dem Rücken zu uns. Sein Arsch war ausladend breit und weich und hing in seinen Hosen. Können die denn das nicht sehen? dachte ich.

»Willst du nicht mit reinkommen?« hatte Fay gefragt.

»Vielleicht nächste Woche...«

Fay schob sich eine weitere Praline in den Mund.

»Robby hat Sorgen. Er hat seinen Job als Lastwagenfahrer verloren. Er sagt, ohne einen Job könne er nicht schreiben. Er braucht das Gefühl der Sicherheit. Er sagt, er könne nicht wieder schreiben, bis er einen neuen Job findet.«

»Wenn's weiter nichts ist«, sagte ich, »ich kann ihm eine Stelle besorgen.«

»Wo? Wie?«

»Unten im Postamt werden laufend Leute angestellt, die bekommen gar nicht genug. Und sie zahlen ganz gut.«

»IM POSTAMT! ROBBY IST VIEL ZU SENSIBEL, ALS DASS ER IM POSTAMT ARBEITEN KÖNNTE!«

»Schade«, sagte ich, »ich dachte nur, ich erwähn's mal. Gute Nacht.«

Fay gab mir keine Antwort. Sie war verärgert.

8

Freitag und Samstag hatte ich frei, und so wurde der Sonntag zum schlimmsten Tag. Außerdem mußte ich sonntags schon um 15:30 Uhr da sein anstatt wie sonst um 18:18 Uhr.

An diesem Sonntag stellten sie mich in den Zeitungsraum, wie so oft am Sonntag, und das hieß, daß ich mindestens acht Stunden auf den Beinen sein würde.

Zusätzlich zu den Schmerzen im ganzen Leib bekam ich jetzt auch immer öfter Schwindelanfälle. Alles fing sich dann an zu drehen, ich spürte, wie es mir schwarz vor den Augen wurde, und dann riß ich mich zusammen.

Es war ein brutaler Sonntag gewesen. Freunde Fays waren zu Besuch gekommen; sie setzten sich auf die Couch und zirpten, was sie doch für großartige Schriftsteller seien, wirklich die besten im ganzen Land. Der einzige Grund, warum nichts von ihnen veröffentlicht wurde, war, daß sie – so behaupteten sie – ihr Zeug an keinen Verleger schickten.

Ich hatte sie mir angesehen. Wenn sie so schrieben, wie sie aussahen, wie sie ihren Kaffee tranken und kicherten und ihre Brötchen eintunkten, dann war es gleich, ob sie ihr Zeug Verlagen anboten oder sich damit den Arsch abwischten.

Ich verteilte an diesem Sonntag also die Zeitschriften. Ich brauchte ein oder zwei Tassen Kaffee, ein bißchen was zu essen. Doch die ganzen Aufseher standen am Eingang. Ich verdrückte mich durch die hintere Tür. Ich mußte einfach meinen Kater los werden. Die Kantine war im ersten Stock. Ich war im dritten. Am Ende des Ganges, neben dem Klo, war ein Ausgang. Ich sah das Schild davor:

WARNUNG!
DIESE TREPPE
NICHT BENÜTZEN!

Es war ein Trick. Aber ich war schlauer als diese Hunde. Die hatten nur das Schild angebracht, um kluge Bürschchen wie Chinaski davon abzuhalten, zur Kantine hinunterzugehen. Ich machte die Tür auf und ging hinunter. Die Tür ging hinter mir zu. Ich ging die Treppen zum ersten Stock hinunter. Drehte am Türgriff. Himmel Arsch! Die Tür ging nicht auf! Sie war verschlossen. Ich ging wieder zurück. An der Tür zum zweiten Stock vorbei. Ich versuchte erst gar nicht, sie zu öffnen. Ich wußte, daß sie verschlossen war. Genau so wie die zum Erdgeschoß. Schließlich kannte ich mich allmählich bei der Post aus. Wenn sie eine Falle stellten, dann taten sie das gründlich. Ich hatte noch eine kleine Chance. Ich war im dritten Stock. Ich versuchte den Türgriff. Nichts zu machen.

Wenigstens war das Klo nicht weit. Auf dem Klo ging es dauernd ein und aus. Ich wartete. Zehn Minuten. Fünfzehn Minuten. Zwanzig Minuten! Wollte denn ÜBERHAUPT NIEMAND scheißen, pissen oder sich ausruhen? Fünfundzwanzig Minuten. Dann sah ich ein Gesicht. Ich klopfte an die Glasscheibe.

»Heh, Kumpel! HEH, KUMPEL!«

Er hörte mich nicht, oder er tat so, als hörte er mich nicht. Er ging aufs Klo. Fünf Minuten. Dann kam ein anderes Gesicht vorbei.

Ich klopfte energisch. »HEH, KUMPEL! HEH, DU DA, DU SCHWANZLUTSCHER!«

Er muß mich wohl gehört haben. Durch das Drahtglas sah er mich an.

»Ich hab gesagt: MACH DIE TÜR AUF! SIEHST DU MICH DENN NICHT HIER DRIN? ICH BIN EINGESCHLOSSEN, DU SCHWACHKOPF! MACH DIE TÜR AUF!«

Er machte die Tür auf. Ich ging hinein. Der Kerl war in einer Art Trancezustand.

Ich drückte ihm den Ellbogen.

»Vielen Dank, Kumpel.«

Ich ging zurück zu meinem Verteilerkasten.

Dann kam der Aufseher vorbei. Er blieb stehen und sah mich an. Meine Hände wurden langsamer.

»Wie geht es denn, Mr. Chinaski?«

Ich knurrte ihn an, fuchtelte mit einer Zeitschrift herum, als sei ich übergeschnappt, redete mit mir selber, und er ging weiter.

9

Fay war schwanger. Doch sie änderte sich dadurch nicht, und das Postamt änderte sich auch nicht.

Es waren immer die gleichen, die die Arbeit machten, während die gemischte Mannschaft herumstand und über Sport fachsimpelte. Es waren alles große schwarze Gestalten – gebaut wie Schwergewichtsringer. Immer wenn ein Neuer den Dienst antrat, teilten sie ihn der gemischten

Mannschaft zu. Auf diese Weise brachten sie wenigstens die Aufseher nicht um. Wenn die gemischte Mannschaft überhaupt einen Aufseher hatte – zu Gesicht bekam man ihn nie. Die Mannschaft brachte Lastwagenladungen Post herein, die mit dem Frachtaufzug heraufkam. Damit waren sie vielleicht fünf Minuten in der Stunde beschäftigt. Manchmal zählten sie die Post, oder taten jedenfalls so, als ob. Sie sahen sehr gelassen und intellektuell aus, wie sie da mit dem langen Bleistift hinter den Ohren zählten. Doch die meiste Zeit stritten sie sich heftig über das Neueste vom Sport. Sie waren samt und sonders Experten – sie lasen dieselben Sportberichte.

»Los doch, Mann, wer ist der größte Außenfeldspieler aller Zeiten?«

»Ich würde sagen, Willie Mays, Ted Williams, Cobb.«

»Was? Was?«

»Klarer Fall, Baby!«

»Und Babe Ruth? Zählt der bei dir vielleicht nichts?«

»Okay, okay, wer ist denn für dich der größte Außenfeldspieler?«

»Ganz klar, Mays, Ruth und Di Maggio!«

»Ihr seid ja alle beide verrückt! Habt ihr noch nie was von Hank Aaron gehört? Hank Aaron gehört dazu!«

Einmal wurden die Plätze in der gemischten Mannschaft ausgeschrieben. Solche Ausschreibungen wurden dann meistens nach dem Dienstalter entschieden. Die gemischte Mannschaft ging herum und riß die Seiten aus dem Ausschreibungsbuch. Dann blieb ihnen nichts mehr zu tun. Niemand beschwerte sich. Der nächtliche Weg zum Parkplatz war lang und dunkel.

10

Ich bekam dauernd diese Schwindelanfälle. Ich spürte, wenn sie anfingen. Dann begann der Verteilerkasten sich zu drehen. So ein Anfall dauerte etwa eine Minute. Ich konnte das einfach nicht verstehen. Die Briefe wurden von Mal zu Mal schwerer. Die Leute um mich herum fingen an, tot und grau auszusehen. Ich rutschte immer öfter von meinem Hocker herunter. Meine Beine wollten nicht mehr mitmachen. Der Job brachte mich langsam um.

Ich ging zu meinem Arzt und erzählte ihm davon. Er maß meinen Blutdruck.

»Nein, nein, Ihr Blutdruck ist normal.«

Dann setzte er mir sein Stethoskop an und wog mich.

»Ich kann nichts Ungewöhnliches finden.«

Dann machte er mit mir einen Spezial-Bluttest. Er zapfte mir dreimal in gewissen Abständen Blut aus dem Arm, wobei sich diese Zeitabstände vergrößerten.

»Möchten Sie so lange im Wartezimmer warten?«

»Nein, nein, ich geh raus und vertrete mir die Füße und komme rechtzeitig zurück.«

»Na schön, aber kommen Sie rechtzeitig zurück.«

Ich kam rechtzeitig zur zweiten Blutentnahme. Dann kam eine längere Wartezeit bis zur dritten, zwanzig oder fünfundzwanzig Minuten. Ich ging hinaus auf die Straße. Es war nicht viel los. Ich ging in einen Laden und las eine Zeitschrift. Ich legte sie zurück, schaute auf die Uhr und ging hinaus. Ich sah an der Bushaltestelle eine Frau sitzen. Es war eine dieser seltenen Erscheinungen. Sie stellte großzügig ihre Beine zur Schau. Ich konnte den Blick nicht von ihr lassen. Ich überquerte die Straße und blieb in etwa zwanzig Meter Entfernung stehen.

Dann stand sie auf. Ich mußte ihr folgen. Dieser kräftige Arsch lockte mich. Ich war hypnotisiert. Sie ging in ein Postamt, und ich ging hinter ihr her. Sie stellte sich in eine lange Schlange, und ich stellte mich hinter sie. Sie kaufte zwei Postkarten. Ich kaufte zwölf Luftpostkarten und Briefmarken zu zwei Dollar.

Als ich herauskam, bestieg sie den Bus. Ich sah gerade noch ein bißchen köstliches Bein und Arsch, wie es im Bus verschwand und davonfuhr.

Der Arzt wartete.

»Was ist geschehen? Sie haben sich um fünf Minuten verspätet!«

»Ich weiß nicht. Die Uhr muß falsch gegangen sein.«

»DIESER BLUTTEST MUSS EXAKT SEIN!«

»Bitte sehr. Zapfen Sie mir trotzdem Blut ab.«

Er steckte mir die Nadel rein...

Ein paar Tage danach erfuhr ich: Den Tests zufolge fehlte mir gar nichts. Ich wußte nicht, ob die fünf Minuten Verspätung verantwortlich waren oder nicht. Doch die Schwindelanfälle wurden schlimmer. Ich fing an, schon nach vier Stunden Arbeit zu stempeln und wegzugehen, ohne die erforderlichen Formulare auszufüllen.

Ich kam gegen elf Uhr abends nach Hause, und da war Fay. Die arme schwangere Fay.

»Was ist passiert?«

»Ich hab's nicht mehr ausgehalten«, sagte ich dann, »zu sensibel...«

11

Die Jungs vom Dorsey-Postamt kannten meine Probleme nicht.

Ich kam jeden Abend durch den Hintereingang, versteckte meinen Pullover in einem Korb und ging hinein, um meine Stempelkarte zu holen:

»Brüder und Schwestern!« sagte ich dann.

»Bruder Hank!«

»N'Abend, Bruder Hank!«

Wir spielten dieses Spielchen, das Schwarz-Weiß-Spiel, und es machte ihnen Spaß. Boyer kam auf mich zu, berührte mich am Arm und sagte: »Mann, wenn ich so angestrichen wär wie du, wär ich glatt Millionär!«

»Sicher, Boyer. Das ist alles, was man dazu braucht: eine weiße Haut.«

Dann kam der rundliche kleine Hadley zu uns rüber.

»Auf einem Schiff hatten sie mal einen schwarzen Koch. Er war der einzige Schwarze an Bord. Zwei- oder dreimal in der Woche kochte er Tapioka-Pudding und wichste sich dann darüber einen ab. Diese weißen Jungs aßen seinen Tapioka-Pudding unheimlich gern, hihihihi! Sie fragten ihn, wie er ihn koche, und er sagte, er habe sein eigenes Geheimrezept, hihihihihihi!«

Wir lachten alle. Ich weiß nicht, wie oft ich diese Tapioka-Pudding-Geschichte zu hören bekam...

»Heh, weißer Abschaum! Heh, Boy!«

»Hör bloß auf, Mann, wenn ich dich mit ›Boy‹ anredete, würdest du wahrscheinlich das Messer ziehen. Verschon mich also mit deinem ›Boy‹.«

»Sag mal, weißer Mann, wollen wir nicht am Samstagabend zusammen ausgehen? Ich hab mir ein hübsches weißes Mädchen mit blonden Haaren angelacht.«

»Und ich hab ein hübsches schwarzes Mädchen. Und du weißt ja selber, was die für eine Haarfarbe hat.«

»Ihr Burschen fickt unsere Frauen seit Jahrhunderten. Wir versuchen nur, aufzuholen. Du hast doch nichts dagegen, wenn ich meinen dicken schwarzen Pimmel in dein weißes Mädchen stecke?«

»Wenn sie ihn will, soll sie ihn haben.«

»Ihr habt den Indianern das Land weggenommen.«

»Klar hab ich das.«

»Ihr ladet uns nicht in eure Häuser ein. Und wenn ihr's tut, dann müssen wir den hinteren Eingang benützen, damit keiner unsere Hautfarbe sieht...«

»Ich laß aber eine kleine Lampe für dich an.«

Es wurde langweilig, aber es gab kein Entrinnen.

12

Fay hielt sich gut mit ihrer Schwangerschaft. Für ein Mädchen in ihrem Alter hielt sie sich gut. Wir saßen in unserer Wohnung und warteten. Schließlich war es so weit.

»Es wird nicht lange dauern«, sagte sie. »Ich will nicht zu früh dort sein.«

Ich ging hinaus und schaute nach dem Auto. Kam zurück.

»Uuuh, au«, sagte sie. »Nein, warte.«

Vielleicht konnte sie tatsächlich die Welt retten. Ich war stolz auf ihre Gelassenheit. Ich verzieh ihr das schmutzige Geschirr und den *New Yorker* und ihren Schriftstellerkurs. Das alte Mädchen war einfach ein weiteres einsames Wesen in einer gleichgültigen Welt.

»Ich glaube, wir sollten jetzt gehen«, sagte ich.

»Nein«, sagte Fay, »ich möchte dich dort nicht zu lange warten lassen. Ich weiß, daß es dir in letzter Zeit nicht gut geht.«

»Zum Teufel mit mir. Gehen wir.«

»Nein, bitte, Hank.«

Sie saß einfach da.

»Was kann ich für dich tun?« fragte ich.

»Nichts.«

Zehn Minuten saß ich so da. Ich ging in die Küche, um ein Glas Wasser zu trinken. Als ich herauskam, sagte sie: »Willst du jetzt fahren?«

»Sicher.«

»Du weißt, wo das Krankenhaus ist?«

»Natürlich.«

Ich half ihr ins Auto. In der Woche vorher hatte ich die Strecke zweimal zur Probe abgefahren. Doch als wir jetzt ankamen, hatte ich keine Ahnung, wo ich parken sollte. Fay zeigte auf eine Rampe.

»Fahr da hinein. Park da drin. Von da aus gehen wir ins Haus.«

»Sofort«, sagte ich ...

Sie lag in einem hinteren Zimmer mit Blick zur Straße. Ihr Gesicht schnitt eine Grimasse. »Halt meine Hand«, sagte sie. Ich tat es.

»Wird es denn tatsächlich passieren?« fragte ich.

»Ja.«

»Du tust so, als sei es überhaupt nichts.«

»Du bist so furchtbar nett zu mir. Das hilft.«

»Ich *wäre* gern nett. Aber dieses gottverdammte Postamt ...«

»Ich weiß. Ich weiß.«

Wir schauten aus dem Fenster.

Ich sagte: »Schau dir diese Leute da unten an. Die haben keine Ahnung, was hier oben vor sich geht. Sie gehen einfach den Gehweg entlang. Und doch, komisch ... sie wurden selber einmal geboren, jeder einzelne von ihnen.«

»Ja, das ist komisch.«

Ich spürte die Bewegungen ihres Körpers in ihrer Hand.

»Halt mich fester«, sagte sie.

»Ja.«

»Es wird mir nicht gefallen, wenn du gehst.«

»Wo ist der Arzt? Wo sind die denn alle? Was zum Teufel ist denn!«

»Die kommen schon.«

Genau in dem Augenblick kam eine Schwester herein. Es war ein katholisches Krankenhaus, und es war eine sehr hübsche Krankenschwester, dunkel, Spanierin oder Portugiesin.

»Sie ... müssen ... jetzt gehen«, sagte sie mir.

Mit einem erzwungenen Lächeln zeigte ich Fay, daß ich ihr den Daumen hielt. Ich glaube nicht, daß sie es sah. Mit dem Aufzug fuhr ich hinunter.

13

Mein deutscher Arzt kam auf mich zu. Derselbe, der mir die Bluttests gemacht hatte.

»Gratuliere«, sagte er und schüttelte mir die Hand, »es ist ein Mädchen. 8 1/8 Pfund.«

»Und die Mutter?«

»Der Mutter wird es bald wieder gut gehen. Es gab überhaupt keine Schwierigkeiten.«

»Wann kann ich sie sehen?«

»Man wird Ihnen Bescheid sagen. Bleiben Sie einfach hier sitzen, bis Sie gerufen werden.«

Dann war er weg.

Ich schaute durch die Glasscheibe. Die Schwester zeigte auf mein Kind. Das Gesicht des Kindes war sehr rot, und es schrie lauter als irgendeines der anderen Kinder. Der ganze Raum war voller schreiender Kinder. So viele Geburten! Die Schwester schien sehr stolz auf mein Baby. Oder wenigstens hoffte ich, daß es meines war. Sie hob das Mädchen hoch, damit ich es besser sehen konnte. Ich lächelte durch die Scheibe, ich wußte nicht, wie ich mich verhalten sollte. Das Mädchen schrie einfach weiter. Armes Ding, dachte ich, armes kleines verdammtes Ding. Ich wußte damals noch nicht, daß sie eines Tages ein wunderschönes Mädchen sein würde, das genauso aussah wie ich, hahaha.

Ich bedeutete der Schwester, sie solle das Kind wieder hinlegen, dann winkte ich beiden Lebwohl. Sie war eine nette Krankenschwester. Gute Beine. Gute Hüften. Ordentliche Brüste.

Fay hatte am linken Mundwinkel einen Blutfleck, und ich nahm ein feuchtes Tuch und wischte ihn weg. Frauen sind zum Leiden ausersehen; kein Wunder, sie verlangten ständige Liebeserklärungen.

»Ich wollte, sie würden mir mein Baby geben«, sagte Fay, »es ist nicht richtig, daß sie uns so trennen.«

»Ich weiß. Aber wahrscheinlich gibt es dafür irgendeinen medizinischen Grund.«

»Ja, aber es scheint einfach nicht richtig.«

»Nein, da hast du recht. Aber das Kind sah gut aus. Ich werde tun, was ich kann, damit sie das Kind möglichst bald heraufschicken. Das müssen 40 Babys gewesen sein da unten. Alle Mütter müssen warten. Vermutlich, damit sie ihre Kraft erst wieder zurückgewinnen. Unser Baby sieht *sehr* stark aus, das kann ich dir versichern. Mach dir bitte keine Sorgen.«

»Ich wäre so glücklich mit meinem Baby.«

»Ich weiß, ich weiß. Es dauert nicht mehr lange.«

Eine fette mexikanische Krankenschwester kam herein: »Ich muß Sie bitten, jetzt zu gehen.«

»Ich bin aber der Vater.«

»Das wissen wir. Aber Ihre Frau muß sich ausruhen.«

Ich drückte Fays Hand, küßte sie auf die Stirn. Sie schloß die Augen und schien in dem Augenblick zu schlafen. Sie war keine junge Frau. Vielleicht hatte sie nicht gerade die Welt gerettet, aber sie hatte eine wesentliche Verbesserung geschafft. Hut ab vor Fay.

14

Marina Louise, so taufte Fay das Kind. Da war sie also, Marina Louise Chinaski. Im Kinderbettchen beim Fenster. Über sich sah sie das Laub der Bäume und helle Umrisse, die auf der Decke tanzten. Dann weinte sie. Wieg das Baby, sprich mit dem Baby. Das Mädchen wollte die Brüste Mamas, aber Mama war nicht immer bereit, und ich hatte nicht die Brüste Mamas. Und außerdem war immer noch mein Job da. Und jetzt die Tumulte. Ein Zehntel der Stadt stand in Flammen...

15

Im Aufzug nach oben war ich der einzige Weiße. Es schien merkwürdig. Sie unterhielten sich über die Unruhen und blickten mich nicht an.

»Herr Gott«, sagte ein rabenschwarzer Typ, »das ist vielleicht ein Ding. Diese Burschen torkeln besoffen durch die Gegend – mit Whiskyflaschen in der Hand. Bullen fahren vorbei, aber die Bullen steigen nicht aus, sie wollen nichts von den Besoffenen. Am hellichten Tag. Leute rennen mit Fernsehgeräten, Staubsaugern und all dem Zeug herum. Das ist wirklich ein Ding...«

»Klar, Mann.«

»Die schwarzen Ladenbesitzer haben Schilder ins Fenster gehängt, ›BLUTSBRUDER‹. Und die weißen auch. Aber die können den Leuten nichts vormachen. Die wissen schon, welche Läden Whitey gehören...«

»Klar, Bruder.«

Dann hielt der Aufzug im dritten Stock, und wir stiegen alle miteinander aus. Ich hielt es für das beste, zu dem Zeitpunkt keinen Kommentar abzugeben.

Nicht viel später meldete sich der oberste Postbeamte der Stadt über den Lautsprecher:

»Achtung! Der ganze Südosten der Stadt ist verbarrikadiert. Nur wer sich entsprechend ausweisen kann, wird durchgelassen. Nach 19 Uhr herrscht Ausgehverbot. Dann wird niemand mehr durchgelassen. Die Barrikade erstreckt sich von der Indiana Street zur Hoover Street und vom Washington Boulevard zum 135th Place. Alle, die in diesem Gebiet wohnen, können sofort nach Hause gehen.«

Die Angestellten fingen alle an zu reden. Die Schwarzen standen auf und gingen. Es würden nicht viele Angestellte übrigbleiben. Das hieß mit Sicherheit, daß es Überstunden geben würde. Sie nahmen ihre Stempelkarten aus den Fächern am Ende der Durchgänge und stempelten.

Ich stand auf und griff nach meiner Stempelkarte.

»Heh! Wohin so eilig?« fragte mich der Aufseher.

»Haben Sie die Durchsage eben gehört?«

»Das schon, aber Sie sind doch nicht –«

Ich griff mit der linken Hand in meine Tasche.

»WAS bin ich nicht? WAS bin ich nicht?«

Er blickte mich an.

»Was weißt denn du schon, WHITEY?«

Ich nahm meine Stempelkarte, ging zur Tür und stempelte.

16

Der Aufstand ging zu Ende, das Baby wurde ruhiger, und ich fand Möglichkeiten, Janko auszuweichen. Doch die Schwindelanfälle waren hartnäckig. Der Arzt gab mir ein Dauerrezept für die grünweißen Librium-Kapseln, und die halfen ein bißchen.

Eines Nachts stand ich auf, um einen Schluck Wasser zu trinken. Dann kam ich zurück, arbeitete dreißig Minuten und machte dann die mir zustehende Pause von zehn Minuten.

Als ich mich wieder auf meinen Platz setzte, kam Chambers, ein hellhäutiger Neger, auf mich zugelaufen:

»Chinaski! Diesmal haben Sie sich endlich den eigenen Strick gedreht! Sie sind vierzig Minuten weggewesen!«

Chambers war eines Nachts mit einem Anfall zu Boden gestürzt, schäumend und zuckend. Auf einer Tragbahre hatten sie ihn weggetragen. Am nächsten Abend war er wieder da, mit Krawatte und neuem Hemd, als sei nichts vorgefallen. Jetzt versuchte er es mit dem alten Trinkbrunnen-Trick.

»So hören Sie doch, Chambers, seien Sie vernünftig. Ich hab einen Schluck Wasser getrunken, bin zurückgekommen, habe dreißig Minuten gearbeitet und dann meine Pause gemacht. Ich war nur zehn Minuten weg.«

»Sie haben sich Ihren eigenen Strick gedreht, Chinaski! Sie sind vierzig Minuten weggewesen! Ich habe sieben Zeugen!«

»Sieben Zeugen?«

»JAWOHL, 7!«

»Ich sag Ihnen doch, es waren nur zehn Minuten.«

»Nein, diesmal haben wir Sie, Chinaski! Diesmal sind Sie wirklich dran!«

Dann hatte ich es satt. Ich wollte ihn nicht mehr ansehen:

»Na schön, meinetwegen. Ich war vierzig Minuten weg. Wie Sie meinen. Schreiben Sie's eben auf.«

Chambers lief davon.

Ich verteilte noch ein paar Briefe, dann kam der Oberaufseher auf mich zu. Ein dünner weißer Mann mit kleinen grauen Haarbüscheln über den Ohren. Ich blickte ihn an und wandte mich dann ab und verteilte meine Briefe.

»Mr. Chinaski, sicherlich verstehen Sie die Regeln und Vorschriften der Post. Jedem Angestellten stehen zwei zehnminütige Pausen zu, eine vor dem Essen, die andere nachher. Dieses Recht auf zwei Pausen wird Ihnen von der Verwaltung eingeräumt: zehn Minuten. Zehn Minuten sind –«

»HERRGOTTSAKRAMENT!« Ich warf meine Briefe hin. »Ich hab vierzig Minuten zugegeben, nur damit ihr Burschen zufrieden seid und ich euch loshabe. Aber ihr kommt immer wieder! Jetzt nehm ich alles zurück! Ich hab nur zehn Minuten Pause gemacht! Ich will eure sieben Zeugen sehen! Her damit!«

Zwei Tage danach war ich auf der Rennbahn. Ich blickte auf und sah all diese Zähne, dieses breite Lächeln und die leuchtenden freundlichen Augen. Was war denn das – mit all diesen Zähnen? Ich schaute genauer hin. Es war Chambers, der mich ansah, der lächelnd in einer Schlange vor dem Kaffeeautomaten stand. Ich hatte ein Bier in der Hand. Ich ging zu einem Abfalleimer hin und spuckte hinein, ohne den Blick von ihm zu lassen. Dann ging ich weg. Chambers machte mir nie wieder Schwierigkeiten.

17

Das Baby kroch herum, entdeckte die Welt. Marina schlief die ganze Nacht bei uns im Bett. Da waren Marina, Fay, die Katze und ich. Die Katze schlief auch auf dem Bett. Da schau her, sagte ich mir, ich habe drei Mäuler zu stopfen. Wie eigenartig. Ich saß da und betrachtete sie beim Schlafen.

Dann erlebte ich es zweimal nacheinander, als ich im Morgen, am frühen Morgen, heimkam, daß Fay im Bett saß und den Wohnungsmarkt in der Zeitung studierte.

»Diese Zimmer sind alle so verdammt teuer«, sagte sie.

»Klar«, sagte ich.

Am nächsten Morgen fragte ich sie, während sie die Zeitung las:

»Ziehst du aus?«

»Ja.«

»Also gut. Ich helf dir morgen bei der Zimmersuche. Ich fahr dich mit dem Auto herum.«

Ich willigte ein, ihr jeden Monat einen bestimmten Betrag zu bezahlen. Sie sagte: »Also gut.«

Fay bekam das Mädchen. Ich bekam die Katze.

Wir fanden ein Zimmer, acht oder zehn Straßenblocks entfernt. Ich half ihr einziehen, verabschiedete mich von dem Mädchen und fuhr zurück.

Ich ging zwei-, drei- oder viermal in der Woche hin, um Marina zu besuchen. Ich wußte, solange ich die Kleine besuchen konnte, würde es mir gutgehen.

Fay trug immer noch Schwarz, um gegen den Krieg zu protestieren. Sie nahm an örtlichen Demonstrationen für den Frieden teil, ebenso an Love-ins, ging zu Dichterlesungen, Schriftstellerkursen, Parteiversammlungen der Kommunisten und saß stundenlang in einem Hippie-Kaffeehaus. Das Kind nahm sie mit. Wenn sie nicht fort war, saß sie in einem Stuhl und rauchte eine Zigarette nach der anderen und las. Auf ihrer schwarzen Bluse hatte sie Protestplaketten. Doch meistens war sie irgendwo unterwegs, wenn ich hinfuhr, um einen Besuch zu machen.

Eines Tages waren sie dann schließlich doch zuhause. Fay aß gerade Sonnenblumenkerne mit Joghurt. Sie backte ihr eigenes Brot, aber es war nicht besonders gut.

»Ich hab Andy kennengelernt, er ist Fernfahrer«, sagte sie mir. »Nebenher malt er. Das ist eins seiner Bilder.« Fay zeigte zur Wand.

Ich spielte mit dem Mädchen. Ich betrachtete mir das Bild. Ich sagte nichts.

»Er hat einen großen Schwanz«, sagte Fay. »Neulich kam er abends her und fragte mich: ›Würdest du dich gern mit einem großen Schwanz ficken lassen?‹ Ich antwortete ihm: ›Ich laß mich lieber mit Liebe ficken!‹«

»Offenbar ein Mann von Welt«, sagte ich ihr.

Ich spielte noch ein Weilchen mit der Kleinen und ging dann. Ich mußte noch für meine nächste Prüfung lernen.

Bald danach erhielt ich einen Brief von Fay. Sie und das Kind lebten in einer Hippie-Kommune in New Mexico. Es sei schön dort, sagte sie. Dort würde Marina frei atmen können. Sie legte eine kleine Zeichnung bei, die das Mädchen für mich gemacht hatte.

FÜNF

1

POSTVERWALTUNG
BETR: Verwarnung
AN: Mr. Henry Chinaski

Wie uns mitgeteilt wurde, sind Sie am 12. März 1969 von der Polizei der Stadt Los Angeles wegen Trunkenheit festgenommen worden.

Wir müssen Sie in diesem Zusammenhang auf Abschnitt 744.12 der Dienstvorschriften hinweisen, wo es heißt:

»Postangestellte sind Diener der Allgemeinheit, und ihr Verhalten muß in vielen Punkten nach strengeren Maßstäben gemessen werden, als das vielleicht bei gewissen Angestellten der Privatwirtschaft der Fall ist. Von den Angestellten wird erwartet, daß sie sich während der Arbeitszeit und darüber hinaus stets in einer Art und Weise verhalten, die dem Ansehen der Post nicht abträglich ist. Obwohl es nicht Sache der Postverwaltung sein kann, sich ins Privatleben der Angestellten einzumischen, muß sie dennoch darauf bestehen, daß ihr Personal ehrlich, zuverlässig, vertrauenswürdig und charakterfest ist und sich eines guten Rufes erfreut.«

Wenn auch Ihre Festnahme wegen eines relativ geringfügigen Vergehens erfolgt ist, so ist sie doch ein Beweis Ihrer Unfähigkeit, sich in einer Art und Weise zu verhalten, die dem Ansehen der Post nicht abträglich ist. Sie werden hiermit ermahnt und darauf hingewiesen, daß eine Wiederholung dieses Verstoßes oder irgendein anderer Zusammenstoß mit der Polizei, der Postverwaltung keine andere Wahl lassen wird, als disziplinarische Maßnahmen in Erwägung zu ziehen.

Es steht Ihnen frei, eine schriftliche Erklärung in dieser Sache einzureichen, wenn Sie das wünschen.

2

POSTVERWALTUNG
BETR. Mitteilung über gegen Sie eingeleitete Maßnahmen
AN: Mr. Henry Chinaski

Hiermit wird Ihnen rechtzeitig mitgeteilt, daß vorgesehen ist, Sie ohne Bezahlung drei Tage vom Dienst zu suspendieren oder andere disziplinarische Maßnahmen zu ergreifen, die dem Fall angemessen erscheinen. Diese Maßnahme soll dazu beitragen, die Leistungsfähigkeit der Post zu steigern und wird frühestens 35 Kalendertage nach Erhalt dieser Benachrichtigung in Kraft treten.

Die Anklage gegen Sie und die Gründe, die diese Anklage erhärten, sind:

ANKLAGEPUNKT NR. 1

Sie werden beschuldigt, am 13. Mai 1969, am 14. Mai 1969 und am 15. Mai 1969 unentschuldigt gefehlt zu haben.

Vorausgesetzt, die derzeitige Anklage wird aufrechterhalten, wird außerdem der folgende Punkt aus Ihren Akten auf das Ausmaß der disziplinarischen Maßnahmen einen gewissen Einfluß haben:

Wegen unentschuldigten Fehlens wurde Ihnen bereits am 1. April 1969 eine schriftliche Verwarnung zugestellt.

Sie haben das Recht, auf die Anklage mündlich oder schriftlich (oder beides) zu antworten und sich von einem Vertreter Ihrer eigenen Wahl begleiten zu lassen. Ihre Antwort hat spätestens zehn (10) Kalendertage nach Erhalt dieser Benachrichtigung zu erfolgen. Es steht Ihnen frei, Ihrer Antwort eidesstattliche Erklärungen beizufügen. Falls Sie eine schriftliche Antwort vorziehen, ist diese an den Postvorsteher, Los Angeles, California 90052 zu adressieren. Wenn für Ihre Antwort zusätzliche Zeit erforderlich ist, muß die Notwendigkeit vorher in einem schriftlichen Antrag begründet werden.

Wenn Sie persönlich antworten wollen, ist es notwendig, vorher einen Zeitpunkt auszumachen, und zwar mit Edwin R. Gallasch, Vorstand der Personalabteilung, oder mit Donald J. Lucas, Sachbearbeiter in Personalangelegenheiten. Beide sind unter der Telefonnummer 688-2140 zu erreichen.

Wenn die zehntägige Beantwortungsfrist verstrichen ist, werden sämtliche Fakten in Ihrem Fall, einschließlich einer Antwort, falls Sie eine geben, eingehend gewürdigt werden, bevor eine Entscheidung gefällt wird. Das Urteil wird Ihnen schriftlich zugestellt werden. Wenn dieses Urteil gegen Sie ausfällt, wird Ihnen dieses Schreiben den Grund oder die Gründe angeben, die diesem Urteil zugrundeliegen.

3

POSTVERWALTUNG
BETR. Mitteilung des Urteils
AN: Mr. Henry Chinaski

Wir nehmen Bezug auf den Brief, der am 17. August 1969 an Sie geschickt und in dem Ihnen mitgeteilt wurde, daß Sie voraussichtlich ohne Bezahlung drei Tage vom Dienst suspendiert werden oder mit anderen disziplinarischen Maßnahmen zu rechnen haben würden, aufgrund des Anklagepunktes Nr. 1, niedergelegt in besagtem Brief. Bis dato ist auf besagten Brief keine Antwort bei uns eingegangen. Nach sorgfältiger Erwägung der Anklage wurde entschieden, daß Anklagepunkt Nr. 1 bestehen bleibt und Ihre Suspendierung rechtfertigt. Dementsprechend werden Sie drei (3) Tage ohne Bezahlung vom Dienst suspendiert.

Der erste Tag Ihrer Suspendierung wird der 17. November 1969 sein, der letzte Tag Ihrer Suspendierung wird der 19. November 1969 sein.

Der in dem Brief vom 17. August ausdrücklich erwähnte Punkt aus Ihren Akten wurde vor der Urteilsfindung ebenfalls in Betracht gezogen.

Es steht Ihnen frei, gegen dieses Urteil Einspruch zu erheben, und zwar entweder bei der Postverwaltung oder bei der Dienstaufsichtsbehörde oder zuerst bei der Postverwaltung und dann bei der Dienstaufsichtsbehörde, gemäß den folgenden Bestimmungen:

Wenn Sie zuerst bei der Dienstaufsichtsbehörde Einspruch erheben, haben Sie kein Recht, auch noch bei der Postverwaltung Einspruch zu erheben. Ein Einspruch bei der Dienstaufsichtsbehörde ist an folgende Adresse zu richten: Bezirksdirektor der Dienstaufsichtsbehörde für den Bezirk San Franzisko, 450 Golden Gate Avenue, Postfach 36010, San Franzisko, Kalifornien, 94102. Ihr Einspruch muß a) schriftlich erfolgen, b) Ihre Gründe für die Anfechtung der Suspendierung enthalten, mit all den Beweismitteln und Unterlagen, die Sie beizubringen in der Lage sind, c) spätestens 15 Tage nach Inkrafttreten Ihrer Suspendierung eingereicht werden. Die Aufsichtsbehörde wird den ordnungsgemäßen Einspruch nur dahingehend untersuchen, ob das Verfahren ordnungsgemäß durchgeführt wurde, es sei denn, Sie bringen eine eidesstattliche Erklärung, die besagt, daß Sie aus politischen Gründen, nicht jedoch solchen, die das Gesetz erfordert, bestraft werden, oder daß Sie aufgrund Ihres Familienstandes oder einer körperlichen Behinderung benachteiligt werden.

Wenn Sie bei der Postverwaltung Einspruch erheben, steht Ihnen ein Einspruch bei der Aufsichtsbehörde erst zu, nachdem über Ihren Einspruch auf unterster Ebene bei der Postverwaltung entschieden worden ist. Daraufhin haben Sie die Wahl, mit Ihrem Einspruch durch höhere Instanzen innerhalb der Postverwaltung zu gehen oder sich an die Aufsichtsbehörde zu wenden. Wenn jedoch nach sechzig Tagen über den Einspruch auf unterster Ebene noch nicht entschieden sein sollte, haben Sie die Möglichkeit, über die Postverwaltung weg direkt bei der Aufsichtsbehörde Ihren Einspruch vorzutragen.

Wenn Sie innerhalb von zehn (10) Kalendertagen nach Erhalt dieser Mitteilung bei der Postverwaltung Einspruch erheben, wird Ihre Suspendierung nicht in Kraft treten, bevor Sie vom Bezirksdirektor der Postverwaltung eine Entscheidung über Ihren Einspruch erhalten haben. Überdies steht es Ihnen frei, wenn Sie sich mit Ihrem Einspruch an die Postverwaltung wenden, sich von einem Vertreter Ihrer eigenen Wahl begleiten, vertreten und beraten zu lassen. Es wird für Sie und Ihren Vertreter keine Einschränkung, Einmischung, Zwang, Benachteiligung oder Druck geben. Außerdem wird man Ihnen eine vernünftige Zeitspanne einräumen, damit Sie sich vorbereiten können.

Ein Einspruch an die Postverwaltung kann jederzeit nach Erhalt dieses Briefes erfolgen, jedoch nicht später als 15 Tage nach Inkrafttreten der Suspendierung. Ihrem Brief muß ein Antrag auf eine mündliche Verhandlung beiliegen oder aber eine Erklärung, daß eine mündliche Verhandlung nicht gewünscht wird. Der Einspruch ist zu schicken an:

Bezirksdirektor der Postverwaltung
631 Howard Street
San Franzisko, Kalifornien 94106

Wenn Sie entweder beim Bezirksdirektor oder bei der Dienstaufsichtsbehörde Einspruch erheben, schicken Sie mir eine unterschriebene Abschrift des Einspruchs zum gleichen Zeitpunkt, zu dem Sie ihn an den Bezirk oder an die Dienstaufsichtsbehörde schicken.

Wenn Sie zum Einspruchsverfahren irgendwelche Fragen haben, wenden Sie sich bitte an ROBERT C. JONES, Assistent für Personalfragen im Büro für Personalangelegenheiten, Zimmer 2205, Gebäude der Bundesvertretung, 300 North Los Angeles Street, zwischen 8:30 Uhr und 16 Uhr, montags bis freitags.

4

POSTVERWALTUNG
BETR. Mitteilung über gegen Sie eingeleitete Maßnahmen
AN: Mr. Henry Chinaski

Hiermit wird Ihnen rechtzeitig mitgeteilt, daß vorgesehen ist, Sie aus den Diensten der Post zu entlassen oder andere disziplinarische Maßnahmen zu ergreifen, die dem Fall angemessen erscheinen. Diese Maßnahme soll dazu beitragen, die Leistungsfähigkeit der Post zu steigern, und wird frühestens 35 Kalendertage nach Erhalt dieser Benachrichtigung in Kraft treten.

Die Anklage gegen Sie und die Gründe, die diese Anklage erhärten, sind:

ANKLAGEPUNKT NR. 1

Sie werden beschuldigt, an folgenden Tagen unentschuldigt gefehlt zu haben:

25. September 1969, 4 Std.
28. September 1969, 8 Std.
29. September 1969, 8 Std.
5. Oktober 1969, 8 Std.
6. Oktober 1969, 4 Std.
7. Oktober 1969, 4 Std.
13. Oktober 1969, 5 Std.
15. Oktober 1969, 4 Std.
19. Oktober 1969, 8 Std.
23. Oktober 1969, 4 Std.
29. Oktober 1969, 4 Std.
4. November 1969, 8 Std.
6. November 1969, 4 Std.
12. November 1969, 4 Std.
13. November 1969, 8 Std.

Vorausgesetzt, die derzeitige Anklage wird aufrechterhalten, werden außerdem folgende Punkte aus Ihren Akten auf das Ausmaß der disziplinarischen Maßnahmen einen gewissen Einfluß haben:

Wegen unentschuldigten Fehlens wurde Ihnen bereits am 1. April 1969 eine schriftliche Verwarnung zugestellt.

Am 17. August 1969 wurde Ihnen eine Mitteilung über gegen Sie eingeleitete Maßnahmen wegen unentschuldigten Fehlens zugestellt. Sie wurden daraufhin drei Tage ohne Bezahlung vom Dienst suspendiert, vom 17. November 1969 bis zum 19. November 1969.

Sie haben das Recht, auf die Anklage mündlich oder schriftlich (oder beides) zu antworten und sich von einem Vertreter Ihrer eigenen Wahl begleiten zu lassen. Ihre Antwort hat spätestens zehn (10) Kalendertage nach Erhalt dieser Benachrichtigung zu erfolgen. Es steht Ihnen frei, Ihrer Antwort eidesstattliche Erklärungen beizufügen. Falls Sie eine schriftliche Antwort vorziehen, ist diese an den Postvorsteher, Los Angeles, California 90052 zu adressieren. Wenn für Ihre Antwort zusätzliche Zeit erforderlich ist, muß die Notwendigkeit vorher in einem schriftlichen Antrag begründet werden.

Wenn Sie persönlich antworten wollen, ist es notwendig, vorher einen Zeitpunkt auszumachen, und zwar mit Edwin R. Gallasch, Vorstand der Personalabteilung, oder mit Donald J. Lucas, Sachbearbeiter in Personalangelegenheiten. Beide sind unter der Telefonnummer 688-2140 zu erreichen.

Wenn die zehntägige Beantwortungsfrist verstrichen ist, werden sämtliche Fakten in Ihrem Fall, einschließlich einer Antwort, falls Sie eine geben, eingehend gewürdigt werden, bevor eine Entscheidung gefällt wird. Das Urteil wird Ihnen schriftlich zugestellt werden. Wenn dieses Urteil gegen Sie ausfällt, wird Ihnen dieses Schreiben den Grund oder die Gründe angeben, die diesem Urteil zugrundeliegen.

SECHS

1

Ich saß neben einem jungen Mädchen, das seine Tabelle nicht besonders gut beherrschte.

»Wohin gehört 2900 Roteford?« fragte sie mich.

»Versuchen Sie's mit 33«, sagte ich ihr.

Der Aufseher redete mit ihr.

»Sagten Sie nicht, Sie seien von Kansas City? Meine Eltern sind beide in Kansas City geboren.«

»Tatsächlich?« sagte das Mädchen.

Dann fragte sie mich:

»Und wohin mit 8400 Meyers?«

»Fach 18.«

Sie war zwar ein bißchen pummelig, dafür aber reif wie Fallobst. Ich paßte. Von Frauen wollte ich vorläufig nichts mehr wissen.

Der Aufseher trat ganz dicht an sie heran.

»Wohnen Sie weit vom Postamt weg?«

»Nein.«

»Gefällt Ihnen Ihre Arbeit?«

»Ja, doch.«

Sie wandte sich an mich.

»Und 6200 Albany?«

»16.«

Als mein Korb leer war, redete mich der Aufseher an:

»Chinaski, ich hab bei diesem Korb mitgestoppt. Sie haben dazu 28 Minuten gebraucht.«

Ich gab ihm keine Antwort.

»Ist Ihnen die Norm für diesen Korb bekannt?«

»Nein.«

»Wie lange sind Sie schon hier?«

»Elf Jahre.«

»Sie sind seit elf Jahren hier und kennen die Norm nicht?«

»Stimmt genau.«

»Sie verteilen die Post, als sei Ihnen das gleichgültig.«

Das Mädchen hatte immer noch einen vollen Korb vor sich.

Wir hatten gleichzeitig angefangen.

»Und Sie haben sich mit dieser Dame hier unterhalten.«

Ich zündete mir eine Zigarette an.

»Chinaski, kommen Sie mal einen Augenblick mit.«

Er stand vor den Blechkästen und zeigte mit dem Finger auf sie. Alle Angestellten steckten jetzt die Post sehr schnell in die Fächer. Ich sah zu, wie sie ihre rechten Arme wie wild in der Luft herumstießen. Sogar das pummelige Mädchen machte jetzt schneller.

»Sehen Sie die Zahlen hier am Ende des Kastens?«

»Sicher.«

»Diese Zahlen sagen Ihnen, wie viele Briefe Sie in der Minute zu verteilen haben. Ein 60-cm-Korb muß in 23 Minuten leer sein. Sie haben fünf Minuten länger gebraucht.«

Er zeigte auf die 23. »23 Minuten ist die Norm.«

»Die 23 hat überhaupt nichts zu bedeuten«, sagte ich.

»Was soll das heißen?«

»Das soll heißen, daß hier zufällig ein Mann mit einem Farbentopf vorbeikam und die 23 aufgemalt hat.«

»Nein, nein, das wurde in all den Jahren ausgeklügelt und immer wieder überprüft.«

Wozu das alles? Ich gab ihm keine Antwort.

»Ich werde mir das notieren müssen, Chinaski. Sie müssen dann zu einer Belehrung.«

Ich ging zurück und setzte mich. 11 Jahre! Ich hatte so wenig Geld in der Tasche wie damals, als ich hier anfing. 11 Jahre. Obwohl jede Nacht lang gewesen war, waren die Jahre doch schnell vorbeigegangen. Vielleicht war es eben diese Arbeit bei Nacht. Oder die ewige Wiederholung, immer dieselben Handgriffe. Damals bei Stone wußte ich wenigstens nie, was ich zu erwarten hatte. Hier gab's keine Überraschungen.

11 Jahre schossen mir durch den Kopf. Ich hatte zugesehen, wie diese Arbeit Männer kaputt machte. Sie schienen zu zerschmelzen. Da war Jimmy Potts vom Dorsey-Postamt.

Als ich ihn zum ersten Mal sah, war Jimmy ein gutgebauter Bursche in einem weißen Polohemd gewesen. Jetzt war er erledigt. Er stellte seinen Sitz so tief ein wie möglich und stützte sich mit den Füßen ab, um nicht herunterzufallen. Er war zu müde, sich die Haare schneiden zu lassen, und hatte seit drei Jahren dieselben Hosen an. Er wechselte das Hemd zweimal in der Woche und ging sehr langsam. Sie hatten ihn fertiggemacht. Er war 55. Bis zur Pension hatte er noch sieben Jahre.

»Das schaff ich nie«, sagte er zu mir.

Entweder zerschmolzen sie, oder sie wurden fett und massig, vor allem um den Arsch und am Bauch. Es war der Hocker und immer dieselbe Bewegung und dasselbe Geschwätz. So weit war ich nun also, Schwindelanfälle und Schmerzen in den Armen, im Nacken, in der Brust, überall. Ich schlief den ganzen Tag, um mich für den Job auszuruhen. Am Wochenende mußte ich trinken, um alles zu vergessen. Damals am Anfang wog ich 84 Kilo. Jetzt wog ich 101 Kilo. Das einzige, was man bewegte, war der rechte Arm.

2

Ich betrat das Büro, um mich belehren zu lassen. Hinter dem Schreibtisch saß Eddie Beaver. Er hatte einen spitzen Kopf, eine spitze Nase, ein spitzes Kinn. Der ganze Mann war ein Spitz.

»Setzen Sie sich, Chinaski.«

Beaver hatte verschiedene Papiere in der Hand. Er las sie.

»Chinaski, Sie brauchten 28 Minuten, um einen 23-Minuten-Korb zu leeren.«

»Mann, bleiben Sie mir mit dem Scheißdreck vom Leib. Ich bin müde.«

»Was?«

»Ich sagte: ›Bleiben Sie mir mit dem Scheißdreck vom Leib!‹ Lassen Sie mich den Wisch unterschreiben und zurückgehen. Ich will mir das nicht alles anhören.«

»Ich bin hier, um Sie zu belehren, Chinaski!«

Ich seufzte. »Okay, schießen Sie los. Ich höre.«

»Wir müssen hier alle eine Mindestleistung bringen, Chinaski.«

»Sicher.«

»Und wenn Sie Ihre Leistung nicht bringen, heißt das, daß jemand anders Ihre Post verteilen muß. Das bedeutet Überstunden.«

»Wollen Sie damit sagen, daß *ich* für die dreieinhalb Überstunden verantwortlich bin, die Sie fast jede Nacht anhängen?«

»Hören Sie, Sie haben zu einem 23-Minuten-Korb 28 Minuten gebraucht. Daran ist nicht zu rütteln.«

»So einfach ist das nicht. Das wissen Sie ganz genau. Jeder Korb ist sechzig Zentimeter lang. In manchen Körben sind dreimal, ja viermal soviel Briefe wie in anderen. Die Kollegen schnappen sich die »fetten« Körbe, wie sie's nennen. Ich mach mir erst gar nicht die Mühe. Irgendwer muß ja schließlich die großen Körbe übernehmen. Doch Ihr Burschen wißt immer nur, daß jeder Korb sechzig Zentimeter lang ist und in 23 Minuten leer sein muß. Wir stecken aber nicht die Körbe in die Fächer, sondern die Briefe.«

»Nein, nein, das ist alles genau berechnet worden!«

»Mag sein. Ich bezweifle es. Wenn Sie aber einen Mann mit der Stoppuhr überwachen, tun Sie das nicht nur bei *einem* Korb. Auch der große Babe Ruth hat gelegentlich mal daneben geschlagen. Beurteilen Sie einen Mann nach zehn Körben oder nach der Arbeit einer ganzen Nacht. Ihr Burschen klammert euch doch nur an diese Zahl, um jeden fertigzumachen, der euch in die Quere kommt.«

»Na schön, Sie haben Ihr Sprüchlein gesagt, Chinaski. Und jetzt rede *ich*: Sie haben 28 Minuten gebraucht, um einen Korb zu leeren. Das ist für *uns* das Entscheidende. Wenn Sie noch einmal dabei erwischt werden, daß Sie so langsam sind, werden Sie zu einer ERWEITERTEN BELEHRUNG geladen!«

»Schon gut, aber eine Frage hätte ich noch.«

»Bitte.«

»Angenommen, ich bekomme einen leichten Korb. Gelegentlich kommt das ja vor. Manchmal schaffe ich einen

Korb in fünf oder in acht Minuten. Nach der errechneten Norm habe ich damit dem Postamt fünfzehn Minuten eingespart. Kann ich mir dann diese fünfzehn Minuten nehmen und in die Kantine gehen und ein Stück Kuchen mit Sahne essen, fernsehen und dann wieder an die Arbeit gehen?«

»NEIN, SIE SOLLEN SOFORT EINEN NEUEN KORB NEHMEN UND WEITERMACHEN!«

Ich unterschrieb ein Stück Papier, auf dem stand, daß ich belehrt worden sei. Dann unterschrieb Spitz Beaver meinen Passierschein, schrieb die Zeit drauf und schickte mich zurück an meinen Hocker, damit ich mich an den nächsten Korb machen konnte.

3

Aber gelegentlich gab es doch eine Abwechslung. Einer der Burschen wurde im Treppenhaus erwischt, in dem auch ich mal eingeschlossen war. Er wurde mit dem Kopf unterm Rock eines Mädchens erwischt. Dann beschwerte sich eines der Mädchen aus der Kantine, ein Oberaufseher und drei Sortierer, die sie mit dem Mund befriedigt hatte, hätten sie nicht wie versprochen bezahlt. Das Mädchen und die drei Sortierer schmissen sie raus, und der Oberaufseher wurde zum Aufseher degradiert.

Dann steckte ich das Postamt in Brand.

Ich war dabei, Massendrucksachen zu sortieren und rauchte eine Zigarre; ich beförderte die Post direkt von einem Handwagen in den Verteilerkasten, als jemand vorbeikam und sagte: »HEH, DEINE POST BRENNT!«

Ich drehte mich um. Tatsächlich. Eine kleine Flamme ringelte sich hoch wie eine Schlange. Offensichtlich war da vorher brennende Zigarrenasche hineingefallen.

»Ach du Scheiße!«

Die Flamme wuchs schnell. Ich nahm einen Katalog und schlug mächtig auf die Flamme ein. Funken sprühten. Es war heiß. Sobald ich einen Teil gelöscht hatte, fing ein anderer an zu brennen.

Ich hörte eine Stimme:

»Heh! Ich rieche Feuer!«

»DU RIECHST KEIN FEUER«, rief ich, »DU RIECHST RAUCH!«

»Ich glaub, ich verschwinde hier!«

»HIMMEL ARSCH«, schrie ich, »DANN VERSCHWINDE DOCH!«

Die Flammen verbrannten mir die Hände. Ich *mußte* die Post der Vereinigten Staaten retten, wertlose Massendrucksachen!

Schließlich bekam ich das Feuer unter Kontrolle. Ich stieß den ganzen Stapel Papier mit meinem Fuß zu Boden und zertrat den letzten Rest roter Asche.

Der Aufseher kam auf mich zu, um etwas zu mir zu sagen. Ich stand da mit dem verbrannten Katalog in der Hand und wartete. Er sah mich an und ging wieder weg.

Dann fuhr ich fort, die wertlosen Massendrucksachen in die Fächer zu stecken. Alles, was angebrannt war, legte ich auf eine Seite.

Meine Zigarre war ausgegangen. Ich zündete sie nicht wieder an.

Meine Hände begannen zu schmerzen, und ich ging hinüber zum Trinkbrunnen und hielt sie unter das Wasser. Es nützte nichts.

Ich fand den Aufseher und bat ihn um einen Passierschein zum Büro der Krankenschwester.

Es war dieselbe, die öfter zu meiner Wohnung kam und fragte: »Was fehlt Ihnen denn heute, Mr. Chinaski?«

Als ich in ihr Büro kam, fragte sie genauso.

»Sie erinnern sich an mich, was?«

»Aber ja, ich weiß, Sie hatten einige schlimme Nächte.«

»Stimmt«, sagte ich.

»Halten Sie sich immer noch Frauen in Ihrer Wohnung?« fragte sie.

»Klar. Und Sie, halten Sie sich immer noch Männer in Ihrer Wohnung?«

»Das genügt, Mr. Chinaski, also, wo fehlt's?«

»Ich hab mir die Hände verbrannt.«

»Kommen Sie hier rüber. Wie haben Sie sich denn die Hände verbrannt?«

»Spielt das denn eine Rolle? Sie sind verbrannt.«

Sie tupfte meine Hände mit irgendwas ab. Eine ihrer Brüste streifte mich.

»Wie ist es denn geschehen, Henry?«

»Zigarre. Stand bei einem Wagen mit Drucksachen. Asche muß reingefallen sein. Flammen kamen raus.«

Die Brust drückte sich wieder an mich.

»Halten Sie die Hände still, *bitte*!«

Dann lehnte sie sich mit ihrer ganzen Länge an mich, während sie mir irgendeine Salbe auf die Hände schmierte. Ich saß auf einem Hocker.

»Was ist denn, Henry? Sie scheinen so nervös.«

»Na ja ... Sie wissen ja, wie es ist, Martha.«

»Ich heiße *nicht* Martha. Ich heiße Helen.«

»Heiraten wir doch, Helen.«

»Was?«

»Ich sagte, wann werde ich meine Hände wieder einsetzen können?«

»Sie können sie sofort einsetzen, wenn Sie Lust dazu haben.«

»Was?«

»Bei der Arbeit, meine ich.«

Sie machte mir einen kleinen Verband.

»Es ist schon wesentlich besser«, sagte ich zu ihr.

»Sie dürfen die Post nicht verbrennen.«

»Es war wertloses Zeug.«

»Jegliche Post ist wichtig.«

»Schon gut, Helen.«

Sie ging zu ihrem Schreibtisch hinüber, und ich folgte ihr. Sie füllte den Passierschein aus. Sie sah lustig aus mit ihrem kleinen weißen Häubchen. Ich würde mir was einfallen lassen müssen, um hierher zurückkommen zu können.

Sie erwischte mich dabei, wie ich ihre Figur musterte.

»Also dann, Mr. Chinaski, ich glaube, Sie sollten jetzt gehen.«

»Ach ja ... Nun, dann danke ich Ihnen für alles.«

»Es gehört zu meiner Arbeit.«

»Sicher.«

Eine Woche danach tauchten überall diese »RAUCHEN VERBOTEN«-Schilder auf. Grundsätzlich durfte man nur rauchen, wenn man einen Aschenbecher hatte. Irgend jemand hatte den Auftrag erhalten, all diese Aschenbecher herzustellen. Sie waren hübsch. Und hatten den Aufdruck: EIGENTUM DER U.S.-REGIERUNG. Die Angestellten stahlen die meisten davon.

RAUCHEN VERBOTEN.

Ich, Henry Chinaski, hatte ganz allein das Postwesen revolutioniert.

4

Dann kamen einige Arbeiter und montierten jeden zweiten Trinkbrunnen ab.

»Heh, seht doch, was zum Teufel geht denn da vor sich?« fragte ich.

Niemand schien sich dafür zu interessieren.

Ich war in der Abteilung für Drucksachen. Ich ging zu einem anderen Angestellten hinüber.

»Sieh dir das an!« sagte ich. »Die stehlen unser Wasser!«

Er warf einen flüchtigen Blick auf den Trinkbrunnen und widmete sich dann wieder seinen Drucksachen.

Ich wandte mich an andere. Sie hatten auch kein Interesse an der Sache. Ich konnte das nicht verstehen.

Ich bat darum, meinen Gewerkschaftsvertreter zu mir zu schicken.

Nach langem Warten kam er schließlich – Parker Anderson. Parker hatte früher in einem alten Gebrauchtwagen geschlafen und Tankstellen, die ihre Toilette nicht abschlossen, zum Rasieren und Scheißen aufgesucht. Parker hatte sich ohne Erfolg als kleiner Ganove versucht. Und war dann zum Hauptpostamt gekommen, wurde Gewerkschaftler und ging zu den Versammlungen, wo er zum Saalordner gemacht wurde. Kurz darauf war er Gewerkschaftsvertreter, und dann wurde er zum stellvertretenden Vorstand gewählt.

»Wo brennt's, Hank? Ich weiß, daß du *mich* nicht dazu brauchst, um mit diesen Kapos fertigzuwerden!«

»Die Schmeicheleien kannst du dir sparen, Baby. Seit fast

zwölf Jahren zahle ich meine Gewerkschaftsbeiträge und habe nie auch nur das Geringste dafür verlangt.«

»Na schön, wo fehlt's?«

»Es dreht sich um die Trinkbrunnen.«

»Den Trinkbrunnen fehlt was?«

»Nein, verdammt noch mal, den Trinkbrunnen fehlt nichts. Was sie mit denen anstellen, darum geht's. Sieh selber.«

»Was soll ich denn sehen? Wo denn?«

»*Da!*«

»Ich seh nichts.«

»Das ist es ja eben. An der Stelle war vor kurzem noch ein Trinkbrunnen.«

»Der wurde eben abmontiert. Was soll's?«

»Hör mal zu, Parker. Auf einen käm's mir ja auch nicht an. Aber sie reißen *jeden zweiten* Trinkbrunnen im Haus ab. Wenn wir uns jetzt nicht dagegen wehren, dann schließen sie bald jedes zweite Scheißhaus ... und dann, was danach kommt, weiß ich nicht...«

»Na schön«, sagte Parker, »was willst du von mir, was soll ich denn tun?«

»Ich will, daß du deinen Leichnam in Gang setzt und herausfindest, warum diese Trinkbrunnen abmontiert werden.«

»Also gut, bis morgen.«

»Streng dich bloß an. Zwölf Jahre Gewerkschaftsbeiträge, das sind $ 624.«

Am nächsten Tag mußte ich Parker suchen. Er hatte keine Antwort. Und am Tag darauf auch nicht, und am dritten Tag immer noch nicht. Ich sagte ihm, ich hätte das Warten satt. Er hätte noch genau einen Tag Zeit.

Am nächsten Tag kam er im Aufenthaltsraum auf mich zu.

»Na also, Chinaski, ich hab's rausgefunden.«

»Und?«

»1912, als dieses Gebäude gebaut wurde...«

»1912? Also vor mehr als einem halben Jahrhundert! Kein Wunder, es sieht hier aus wie im Freudenhaus des Kaisers!«

»Komm, komm, hör auf damit. Als also dieses Gebäude 1912 gebaut wurde, waren in der Ausschreibung eine *bestimmte* Anzahl Trinkbrunnen vorgesehen. Bei der Überprüfung fand die Post jetzt heraus, daß *zweimal* so viele Trinkbrunnen installiert worden sind, wie ursprünglich vorgesehen.«

»Na ja, und wenn schon«, sagte ich, »was schadet denn die doppelte Anzahl Trinkbrunnen? Viel mehr Wasser wird deswegen auch nicht getrunken.«

»Völlig richtig. Aber die Trinkbrunnen stehen etwas weit von der Wand ab. Sie sind oft im Weg.«

»Na und?«

»Hör zu. Angenommen, ein Angestellter mit einem raffinierten Rechtsanwalt ist gegen Trinkbrunnen versichert. Stell dir mal vor, er wird von einem Handwagen voller schwerer Zeitschriften gegen diesen Trinkbrunnen dort gedrückt.«

»Ich beginne zu verstehen. Der Brunnen sollte eigentlich gar nicht da sein. Wegen Fahrlässigkeit wird die Post auf Schmerzensgeld verklagt.«

»Genau richtig!«

»Na gut. Vielen Dank, Parker.«

»Stets zu Diensten.«

Wenn er diese Geschichte erfunden hatte, war sie beinahe $ 624 wert. Ich hatte wesentlich schwächere im *PLAYBOY* gelesen.

5

Ich stellte fest, daß ich gegen die Schwindelanfälle nur ankämpfen konnte, wenn ich immer mal wieder aufstand und mir die Beine vertrat. Fazzio, einer der Aufseher, sah, wie ich zu einem der wenigen Trinkbrunnen ging.

»Sagen Sie mal, Chinaski, immer wenn ich Sie sehe, gehen Sie gerade spazieren!«

»Na und«, sagte ich, »immer wenn ich Sie sehe, gehen Sie gerade spazieren.«

»Bei mir gehört es zur Arbeit. Herumzugehen ist Teil meiner Arbeit. Ich muß es tun.«

»Hören Sie«, sagte ich, »bei mir gehört es auch zur Arbeit. Ich muß es tun. Wenn ich zu lange auf dem Hocker sitzen bleibe, springe ich plötzlich auf die Verteilerkästen und renne herum und pfeife Kinderlieder aus allen Löchern.«

»Schon gut, Chinaski, vergessen wir's.«

6

Eines Nachts kam ich um die Ecke, nachdem ich mich in die Kantine geschlichen hatte, um eine Packung Zigaretten zu besorgen. Und da war ein Gesicht, das ich kannte.

Es war Tom Moto! Der Kerl, mit dem ich zusammen unter Stone als Aushilfe gearbeitet hatte!

»Moto, alter Arschficker!« sagte ich.

»Hank!« sagte er.

Wir gaben uns die Hand.

»Heh, ich hab neulich an dich gedacht! Jonstone tritt diesen Monat in den Ruhestand. Einige von uns geben ihm eine Abschiedsparty. Du weißt doch, er hat immer gern geangelt. Wir fahren in einem Ruderboot mit ihm hinaus. Vielleicht würdest du gerne mitkommen und ihn über Bord werfen, ihn ersäufen. Wir haben einen hübschen tiefen See.«

»Ach nein, Scheiße, ich will ihn nicht mal mehr ansehen.«

»Du bist aber *eingeladen.*«

Moto grinste vom Arschloch bis zu den Augenbrauen. Dann fiel mein Blick auf sein Hemd: das Abzeichen eines Aufsehers.

»Das darf nicht wahr sein, Tom«, sagte ich.

»Hank, ich hab vier Kinder. Die wollen essen.«

»Sicher, Tom«, sagte ich.

Dann ging ich weg.

7

Ich weiß nicht, wie die Leute da reinschlittern. Ich mußte für den Unterhalt eines Kindes aufkommen, brauchte Geld fürs Trinken, für die Miete, Schuhe, Hemden, Socken und all das Zeug. Wie alle anderen Leute brauchte ich ein altes Auto, etwas zu essen, all die kleinen Dinge.

Wie Frauen.

Oder einen Tag auf der Rennbahn.

Wenn alles auf dem Spiel steht und es keinen Ausweg gibt, denkt man überhaupt nicht darüber nach.

Ich parkte gegenüber vom Haus der Bundesvertretung und stand da und wartete darauf, daß die Verkehrsampel grün wurde. Ich überquerte die Straße. Stieß die Schwingtür auf. Es war, als sei ich ein von einem Magneten angezogenes Stück Eisen. Ich konnte nicht dagegen angehen.

Es war im ersten Geschoß. Ich machte die Tür auf, und da waren sie. Die Angestellten des Hauses. Ich sah ein Mädchen, armes Ding, einarmig. Sie würde ewig hier sein. Es war nicht anders, als so ein alter Trinker zu sein wie ich. Nun, wie die Jungs sagten: man mußte schließlich irgendwo arbeiten. Und so akzeptierten sie, was sie hatten. Das war die Weisheit der Sklaven.

Ein junges schwarzes Mädchen kam auf mich zu. Sie war gut angezogen und fühlte sich offensichtlich wohl in ihrer Umgebung. Ich freute mich für sie. Ich wäre bei derselben Arbeit verrückt geworden.

»Ja?« fragte sie.

»Ich bin Postangestellter«, sagte ich, »ich möchte kündigen.«

Sie griff unter den Tisch und holte einen Stapel Papiere hervor.

»Die alle?«

Sie lächelte: »Werden Sie's allein schaffen?«

»Keine Sorge«, sagte ich, »das schaff ich schon.«

8

Man mußte mehr Formulare ausfüllen, wenn man aufhörte, als wenn man anfing.

Die erste Seite, die sie einem gaben, war ein persönlich gehaltenes vervielfältigtes Schreiben vom Leiter der städtischen Postverwaltung.

Es begann so:

Ich bedaure, daß Sie Ihre Stelle bei der Post aufgeben, usw., usw., usw., usw.«

Wie konnte er es bedauern? Er kannte mich nicht mal.

Dann kam eine Reihe von Fragen.

»Fanden Sie unsere Aufseher verständnisvoll? Konnten Sie eine Beziehung zu ihnen herstellen?«

Ja, antwortete ich.

»Begegneten Sie bei den Aufsehern irgendwelchen Vorurteilen, die mit Rasse, Religion, persönlicher Vergangenheit oder ähnlichen Dingen zu tun hatten?«

Nein, antwortete ich.

Und dann eine: »Würden Sie Ihren Freunden raten, sich bei der Post um eine Stelle zu bewerben?«

Selbstverständlich, antwortete ich.

»Wenn Sie irgendwelche Beschwerden oder Klagen über das Postamt haben, führen Sie sie bitte einzeln auf der Rückseite dieses Formulars auf.«

Keine Beschwerden, antwortete ich.

Dann war mein schwarzes Mädchen wieder da.

»Schon fertig?«

»Fertig.«

»Ich habe noch nie erlebt, daß einer so bald damit fertig war.«

»Schnell«, sagte ich.

»Schnell?« fragte sie. »Was meinen Sie?«

»Ich meine, was machen wir jetzt?«

»Kommen Sie mit.«

Ich folgte ihrem Arsch zwischen den Schreibtischen durch bis fast ganz nach hinten.

»Nehmen Sie Platz«, sagte der Mann.

Er ließ sich beim Lesen der Papiere Zeit. Dann sah er mich an.

»Darf ich Sie fragen, weshalb Sie kündigen? Ist es wegen der disziplinarischen Maßnahmen gegen Sie?«

»Nein.«

»Was ist dann der Grund Ihrer Kündigung.«

»Eine Karriere wartet auf mich.«

»Karriere?«

Er blickte mich an. Es waren keine 8 Monate mehr bis zu meinem 50. Geburtstag. Ich wußte, was er dachte.

»Darf ich fragen, was das für eine Karriere sein wird?«

»Das kann ich Ihnen genau sagen. Die Saison für Fallensteller im Mississippi-Delta geht nur von Dezember bis Februar. Ich habe bereits einen Monat verloren.«

»Einen Monat? Sie sind doch seit elf Jahren hier.«

»Na gut, dann hab ich eben elf Jahre vergeudet. Ich kann 10 bis 20 Mille machen, wenn ich dort unten drei Monate lang Fallen stelle.«

»Was tun Sie da denn?«

»*Fallen stellen*! Bisam, Nutria, Nerz, Otter ... Waschbär. Ich brauche dazu nur eine Piroge. 20 Prozent meiner Einnahmen bezahle ich für das Nutzungsrecht. Für einen Bisampelz bekomme ich $ 1,25, $ 3 für einen Nerz, $ 4 für einen jungen Nerz, $ 1,50 für einen Nutria und $ 25 für einen Otter. Den Bisam-Kadaver, der etwa 30 cm lang ist, verkaufe ich für 5 Cents an eine Fabrik, die Katzennahrung herstellt. Für den Kadaver des Nutria bekomme ich 25 Cents. Ich halte mir Schweine, Hühner und Enten. Ich angle Katzenfische. Es ist überhaupt nicht schwierig. Ich –«

»Schon gut, Mr. Chinaski, das genügt.«

Er spannte Papier in seine Schreibmaschine ein und fing an zu tippen.

Dann blickte ich auf, und da stand Parker Anderson, mein Gewerkschaftsvertreter, der gute alte Tankstellenrasierer und -scheißer Parker, und lächelte mir zu wie ein Politiker auf Stimmenfang.

»Hörst du auf, Hank? Ich weiß, du drohst seit elf Jahren damit...«

»Mhm, ich geh nach Louisiana, Geld scheffeln.«

»Gibt's denn dort 'ne Pferderennbahn?«

»Soll das ein Witz sein? Die *Fair Grounds* ist eine der ältesten Rennbahnen des Landes!«

Parker hatte ein junges weißes Bürschchen dabei – einen aus der neurotischen Sippe der Verlorenen – und die Augen des Jungen waren mit einer feuchten Tränenschicht überzogen. Eine große Träne in jedem Auge. Sie fielen nicht heraus. Es war faszinierend. Ich hatte Frauen dasitzen und mich mit eben diesen Augen anschauen sehen, kurz bevor sie wütend wurden und anfingen zu kreischen, was für ein Scheißkerl ich doch sei. Offenbar war der Junge in eine der vielen Fallen gegangen und zu Parker gelaufen. Parker würde seinen Job für ihn retten.

Der Mann gab mir noch ein Papier zu unterschreiben, und dann machte ich mich davon.

Parker sagte: »Viel Glück, altes Haus«, während ich an ihm vorbeiging. »Danke, Baby«, antwortete ich.

Ich *fühlte* mich nicht irgendwie anders. Doch ich wußte, daß ich bald – so wie ein Mann, der aus den Tiefen des Ozeans zu schnell hochgezogen wird – einen Druckausgleich ganz besonderer Art durchmachen würde. Ich war wie einer von Joyces verdammten Wellensittichen. Nach einem Leben im Käfig war ich durch die offene Tür gegangen und davongeflogen – wie ein Pfeil Richtung Himmel. Himmel?

9

Ich fing so richtig an zu saufen. Ich kam aus dem Saufen gar nicht mehr raus und war meistens besoffen wie ein Stinktier im Fegefeuer. Eines Nachts hatte ich sogar bereits das Metzgermesser am Hals, und dann dachte ich, Moment mal, alter Junge, vielleicht möchte dein kleines Mädchen, daß du mit ihr in den Zoo gehst. Eisstände, Schimpansen, Tiger, grüne und rote Vögel und die Sonne, die auf ihren Kopf schien und in die Haare auf deinen Armen kroch, laß das mal, alter Junge.

Als ich zu mir kam, war ich im Wohnzimmer, spuckte auf den Teppich, drückte Zigaretten auf dem Handgelenk aus, lachte. Ganz und gar verrückt. Ich blickte auf, und da saß dieser junge Medizinstudent. Zwischen uns auf dem Couchtisch stand ein leeres Marmeladenglas, und darin war das Herz eines Menschen. Auf dem Glas war ein Etikett mit dem Namen des ehemaligen Besitzers des Herzens, Francis, und ringsum standen und lagen halbleere Whiskyflaschen, eine Ansammlung von Bierflaschen, Aschenbecher und allerlei Abfälle. Ich hatte seit zwei Wochen nichts gegessen. Ein endloser Strom von Leuten war hier aus- und eingegangen. Sieben oder acht wilde Partys hatten stattgefunden, auf denen ich immer wieder verlangt hatte: »Ich brauche mehr zu trinken, mehr zu trinken, mehr zu trinken!« Ich war unterwegs zum Himmel; die unterhielten sich einfach – und knutschten.

»So so«, sagte ich zu dem Studenten, »und was wollen Sie von mir?«

»Ich werde Ihr ganz persönlicher Arzt sein.«

»Also gut, Herr Doktor, als erstes verlange ich, daß Sie dieses verfluchte Menschenherz fortschaffen!«

»Daraus wird nichts.«

»Was?«

»Das Herz bleibt hier.«

»Jetzt hören Sie mal gut zu, ich weiß zwar nicht, wie Sie heißen –«

»Wilbert.«

»Also, Wilbert, ich weiß nicht, wer Sie sind oder wo Sie herkommen, aber nehmen Sie bloß Francis hier wieder mit!«

»Nein, es bleibt hier bei Ihnen.«

Dann nahm er seine kleine Spielzeugtasche und holte dieses Gummiding heraus, das sie einem um den Arm wickeln, und er drückte den Ball zusammen, und der Schlauch füllte sich mit Luft.

»Sie haben den Blutdruck eines Neunzehnjährigen«, sagte er zu mir.

»Ich scheiß drauf. Hören Sie, ist es eigentlich nicht illegal, Menschenherzen herumliegen zu lassen?«

»Ich werde wiederkommen und es abholen. Und jetzt atmen Sie mal *ein*!«

»Ich dachte, die Post macht mich verrückt. Und jetzt kommen Sie daher.«

»Ruhe! *Ein*atmen!«

»Was ich brauche, ist ein strammer Mädchenarsch, Herr Doktor, sonst fehlt mir nichts.«

»An 14 Stellen ist Ihr Rückgrat nicht dort, wo es sein sollte, Chinaski. Das verursacht Spannungen, Schwachsinn und oft Wahnsinn.«

»Blödsinn!« sagte ich...

An den Weggang des Gentleman kann ich mich nicht erinnern. Ich erwachte auf meiner Couch um 1:10 Uhr nachmittags, Tod am Nachmittag, und es war heiß, die Sonnenstrahlen drangen durch meine zerrissenen Jalousien und fielen auf das Marmeladenglas mitten auf dem Tisch. »Francis« war also die ganze Nacht bei mir geblieben, schmorte in der Alkohollösung, schwamm in der schleimigen Erweiterung der toten Diastole. Vor meinen Augen.

Es sah aus wie ein Brathähnchen. Ich meine, vor dem Braten. Ganz genau.

Ich hob es auf und stellte es in meinen Schrank und bedeckte es mit einem zerrissenen Hemd. Dann ging ich ins Bad und übergab mich. Als ich fertig war, betrachtete ich mir mein Gesicht im Spiegel. Lange schwarze Stoppeln bedeckten mein Gesicht. Plötzlich mußte ich mich setzen und scheißen. Das tat richtig gut.

Es läutete an der Wohnungstür. Ich wischte mir den Arsch, zog mir ein paar alte Kleider an und ging an die Tür.

»Ja bitte?« Ein junger Kerl stand da, mit langen blonden Haaren, die sein Gesicht einrahmten, und neben ihm ein schwarzes Mädchen, das ununterbrochen lächelte, wie eine Irre.

»Hank?«

»Mhm. Und wer seid ihr?«

»Erinnerst du dich nicht an uns? Von der Party. Wir haben eine Blume mitgebracht.«

»Ach du großer Gott, kommt rein.«

Sie brachten die Blume herein, rot und orange auf einem grünen Stengel. Sie ergab viel mehr Sinn als so manches, nur daß sie eben tot war. Ich fand eine Schüssel, stellte die Blume hinein, holte einen Krug Wein und stellte ihn auf den Couchtisch.

»Kannst du dich nicht an sie erinnern? Du hast doch gesagt, du wolltest sie vögeln.«

Sie lachte.

»Nicht schlecht, bloß nicht gerade jetzt.«

»Chinaski, wie wirst du das denn aushalten, ohne Postamt?«

»Ich weiß nicht. Vielleicht werd ich dich vögeln. Oder zulassen, daß du mich vögelst. Scheiße, ich weiß nicht.«

»Du kannst jederzeit auf unserem Boden übernachten.«

»Kann ich euch beim Vögeln zusehen?«

»Klar.«

Wir tranken. Ich hatte ihre Namen vergessen. Ich zeigte ihnen das Herz. Ich bat sie, das schreckliche Ding mitzunehmen. Ich wagte nicht, es wegzuwerfen, falls es der Medizinstudent noch brauchte, für irgendeine Prüfung, oder wenn die Ausleihfrist bei der Mediziner-Bibliothek abgelaufen war, oder was weiß ich wofür.

Wir gingen hinunter in ein Nachtlokal, sahen einen Striptease und tranken und brüllten und lachten. Ich weiß nicht, wer Geld dabei hatte, aber ich glaube, er hatte das meiste davon, und das war mal eine ganz nette Abwechslung, und ich lachte andauernd und machte an dem Mädchen rum, bearbeitete ihren Arsch und ihre Schenkel und küßte sie, doch niemand störte sich daran. Solange man Geld hatte, wollte keiner was.

Sie brachten mich zurück, und er ging mit ihr. Ich ging durch die Tür, verabschiedete mich, machte das Radio an, fand eine halbe Flasche Scotch, trank sie leer, lachte, fühlte mich wohl, endlich konnte ich mich entspannen, war frei, verbrannte mir die Finger an kurzen Zigarettenstummeln, ging schließlich Richtung Bett, kam bis zur Bettkante, stolperte, fiel hin, fiel quer über die Matratze, schlief, schlief, schlief...

Am nächsten Morgen war die Nacht vorbei, und ich war noch am Leben.

Vielleicht schreibe ich einen Roman, dachte ich.

Und dann schrieb ich ihn.

KiWi

6
Joseph Roth
Hiob

»Dieses Leben eines alltäglichen Menschen ergreift uns, als schriebe einer von unserem Leben, unseren Sehnsüchten, unseren Kämpfen. Ein großes und erschütterndes Buch, dem sich niemand entziehen kann.« Ernst Toller

224 Seiten. DM 9,80

7
Isaac Asimov
Die schwarzen Löcher

Asimov, als Sachbuch- und Science Fiction-Autor ein hervorragender Kenner der astronomischen Forschung, schreibt die Geschichte der Schwarzen Löcher, die gleichzeitig die Geschichte der Sterne ist. 224 Seiten. DM 14,80

8/9
Kate Millett
Fliegen – Flying

FLYING, neben SITA Kate Milletts persönlichstes Buch, ist eine sehr genaue Beschreibung der ersten Jahre der Frauenbewegung und zugleich ein Stück Autobiographie einer ihrer aktivsten führenden Figuren. 780 Seiten. 2 Bände à DM 14,80

10
Heinrich Böll
Haus ohne Hüter

Heinrich Bölls Roman HAUS OHNE HÜTER ist ein lebendiges Stück Nachkriegsgeschichte, zugleich eines der gelungensten und wichtigsten Bücher der deutschen Literatur nach dem Krieg. Zwei Kinder, beide vaterlos, erzählen ihre Geschichte aus wechselnden Perspektiven. 336 Seiten. DM 9,80

11
Charles Bukowski
Der Mann mit der Ledertasche

Den »besten Dichter Amerikas« haben Sartre und Genet den in Deutschland geborenen Charles Bukowski genannt. Mit Witz und ironischer Schlagkraft erzählt er hier die Geschichte seiner Erfahrungen als Briefträger. 176 Seiten. DM 9,80

KiWi

16
J. D. Salinger
Der Fänger im Roggen

»Worauf aber begründet sich der Ruhm J. D. Salingers? Seit Hemingway und Fitzgerald gibt es in der amerikanischen Prosa keinen Erzähler, der jede Distanz zwischen Leser und Autor aufgehoben zu haben scheint – außer Salinger«.
Helmut M. Braem in »Stuttgarter Zeitung«

272 Seiten. DM 8,80

17
Günter Wallraff
Zeugen der Anklage

Nach Günter Wallraffs Bestseller DER AUFMACHER erscheint jetzt auch sein Folgeband ZEUGEN DER ANKLAGE in der Reihe KIWI. Diese beiden Bücher, die die Macht-Struktur und die journalistische Praxis eines unserer größten und einflußreichsten Medienkonzerne enthüllen, haben bisher über eine Million Käufer gefunden. Wallraffs Appell, daß journalistische Auswüchse ein Mißbrauch der Pressefreiheit sind, ist von einer großen Öffentlichkeit richtig verstanden worden.

18
George F. Kennan
Im Schatten der Atombombe

Kennan analysiert die Entwicklung der amerikanisch-sowjetischen Beziehungen von ihren Anfängen bis heute. Zugleich macht er deutlich, daß sich die derzeitige Weltsituation in einer sehr gefährlichen Phase befindet. Wenn die Abrüstungsbemühungen scheitern, rückt der Wahnsinn ihres Atomkrieges in bedrohliche Nähe.
Friedenspreis des Deutschen Buchhandels 1982.

Ca. 300 Seiten. DM 14,80